어둠의 심장

어둠의 심장

조지프 콘래드 | 이덕형 옮김

문예출판사

Heart of Darkness

Joseph Conrad

차례

어둠의 심장 • 7

작품 해설 • 177

조지프 콘래드 연보 • 185

• 본문의 주는 모두 옮긴이 주다.

1

 유람 요트 넬리호는 돛도 펄럭이지 않고 닻을 내려 정박했다. 밀물이 들어왔고 바람은 없는 거나 마찬가지였다. 그래서 강 하구로 향하던 그 요트가 할 일은 그냥 정박한 채 조수가 바뀌기를 기다리는 일뿐이었다.
 템스강의 직선 수로는 끝없는 항로의 시발점인 것처럼 우리 앞에 뻗어 있었다. 저 멀리 바다와 하늘은 이음새도 없이 용접되어 있었고 환하게 터진 공간에는 조수와 함께 표류해온 바지선의 갈색 돛들이 니스 칠을 한 스프리트 돛을 번뜩이며 뾰족뾰족한 붉은 캔버스 숲을 이루며 서 있는 것 같았다. 엷은 안개가 낮은 해안 위에 깔려 있었고, 그 해안은 바다로 나가는 데 비례해서 점점 더 낮아지다가 모습을 감추고 있었다. 그레이브젠드의 상공은 어두웠고 거기서 더 멀리 있는 허공은 응고되어 음산한 어둠의 뭉치가 되더니 지상에서 제일 크고 제일 위대한 도시 런던을 뒤덮고 있었다.

선박 회사의 이사는 우리의 선장이며 주인이었다. 우리 네 사람은 뱃머리에 서서 바다 쪽을 내다보고 있는 이사의 뒷모습을 정다운 눈으로 바라보았다. 강 위 어디를 보나 그보다 선원다운 것은 없었다. 선원들 사이에서 믿음직함의 화신인 키잡이, 바로 그런 모습이 그에게는 있었다. 그가 하는 일이 밝은 강어귀에 있는 것이 아니라 그의 등 뒤에 깔린 어둠 속에 있다는 것은 이해하기 힘들었다.

이미 전에 어디선가 내가 말했듯이 우리들 사이에는 바다의 유대라는 것이 있었다. 그 유대는 서로 오랫동안 떨어져 살아도 우리들의 마음을 함께 뭉치게 할뿐더러 서로가 지어내는 이야기를 참아주고 심지어 서로의 확신을 참아주게 하는 그런 효과를 가진 것이었다. 늙은이들 중에서 제일가는 훌륭한 변호사가 있었는데, 그는 나이도 많지만 장점도 많았기 때문에 갑판에 하나밖에 없는 쿠션을 차지하고 하나밖에 없는 깔개 위에 누워 있었다. 회계사는 벌써 도미노 상자를 꺼내놓고 골패를 장난삼아 쌓아올리고 있었다. 말로는 바로 뒤에서 다리를 포개고 뒤쪽 돛대에 몸을 기대고 앉아 있었다. 말로는 양 볼이 패고 안색은 누렇고 등은 꼿꼿하고 고행자 같은 모습에 팔을 떨어뜨리고 손바닥은 위로 향한 것이 천상 무슨 우상 같았다. 이사는 닻이 안전하게 내려진 것에 만족했는지 고물 쪽으로 와서 우리들 사이에 끼여 앉았다. 우리는 한가롭게 몇 마디 주고받

왔다. 그런 후 요트에는 침묵이 흘렀다. 무슨 이유에서인지는 몰라도 우리는 도미노 게임을 시작하지 않았다. 우리는 명상에 젖어드는 기분이었고 담담하게 앉아 있는 편이 낫겠다는 기분이었다. 하루가 고요하고 아름답고 평온한 광채 속에서 막을 내리고 있었다. 물은 잔잔히 빛나고 반점 하나 없는 하늘은 자애롭고 맑은 빛의 무한 공간이었다. 에섹스 늪 위의 안개는 나무가 울창한 내륙의 언덕들에서 펼쳐진 얇고 빛나는 직물처럼 내비치는 주름을 잡으면서 낮은 해안을 감싸고 있었다. 다만 서쪽 높은 지대를 뒤덮고 있는 검은 구름층은 해가 저희들에게 접근하는 것에 분노한 것처럼 시시각각으로 더 검은 빛을 발산하고 있었다.

마침내 곡선을 그으며 떨어지면서도 그 떨어지는 것이 좀처럼 감지되지 않던 태양은 낮게 가라앉고, 눈부신 회색이었던 것이 빛도 열도 없는 칙칙한 붉은 색으로 변해 있었다. 마치 태양은 인간의 무리를 뒤덮은 그 어둠의 손에 얻어맞아 갑자기 꺼지면서 목숨을 잃은 것 같았다.

그에 이어 곧 강물 위에 변화가 왔다. 평온했던 표면은 광채가 약화되었지만 평온의 정도는 더 깊어지는 것이었다. 강둑을 메우던 인간들을 잘 섬기며 수많은 세월을 보낸 후인지라 이 늙은 강 템스는 하루해가 지는 이 시각에도 자신의 넓은 영토에서 조용히 쉬면서 지구 끝까지 닿는 수로로서 점잖은 위용을 과시하며 뻗어가고 있었다. 우리는 이 존엄한 물을 왔다가 영영 가버리는 짧은 하루의 생생한 빛이 아니라 항구적인 기억이라는 존엄한 관점에서 바라보았다. 흔히 말하는 경의와 애정을 가지고 '바다를 따라다닌' 사람이면 템스강 하류에서 과거의 위대한 영령을 불러내는 일보다 쉬운 일은 없었다. 템스강의 조류는 집이라는 안식처 아니면 바다라는 전쟁터로 운반한 인간들과 배들에 대한 추억을 가득 안고 끊임없이 이리저리 움직여가고 있다. 템스강의 조류는 영국이 자랑하는 사람들, 즉 프랜시스 드레이크 경에서 존 프랭클린에 이르기까지, 작위가 있건 없건 모든 기사들, 모든 바다의 기사 수행자들을 알고 있었고 또 섬겨왔다. 이 강의 조류는 세월이라는 밤하늘에 보석처럼 빛나는 이름을 가진 모든 배들을 운반했다. 불룩한 배허리에 금은보화를 가득 싣고 돌아와 여왕 폐하까지 마중하러 행차하고 그로 인해 큰 화젯거리가 되었던 골든 하인드호를 위시해서 다른 정복에 나섰다가 영원히 돌아오지 않은 에레버스호와 테러호에 이르기까지 모두 이 조류가 운반했던 것이다. 이 강의 조류는 그 선박들과 인간들을 알고 있었다. 모험가들, 식민지 정착자들, 국왕들의 선박들, 거래소 직원용 배들, 선장들, 해군 제독들, 동양 무역을 하는 검은 피부의 '밀수업자들', 임명장을 받은 동인도 함대의 '장군들'. 이들은 모두 뎁트퍼드나 그리니치나 에리스에서 떠났다. 황금을 찾는 자들이나 명성을 좇는 자들은 칼과 흔히는 횃불을 들고 나라의 위력을 전하는 사도로서, 성화의 횃불을 운반하는 자로서 모두 이 강물을 타고 떠났다. 인간들의 꿈, 영연방의 씨앗, 제국의 싹들…… 위대한 것치고 이 강의 조류를 타지 않고 미지의 신비한 땅으로 흘러간 게 있었는가!

해가 졌다. 땅거미가 물 위에 깔리고 강기슭에는 불빛이 나타나기 시작했다. 진흙밭 위에 세 발로 우뚝 선 채프먼 등대가 강렬하게 빛을 발했다. 선박들의 불빛이 항로 위에서 움직이고 있었고 크게 동요하는 불빛들이 오르내리고 있었다. 또한 상류 유역의 서쪽 끝 하늘에는 아직 망측스럽게 큰 이 도시의 위치가 불길하게 표시되어 있었다. 햇빛이 있을 때는 우중충하게 웅크린 어둠의 덩어리지만 별빛 아래에서는 무시무시한 섬광의 번뜩임이었다.

"그런데 이곳 또한 지구상에서 어두운 변방의 하나였어."

갑자기 말로가 말했다. 말로는 우리들 중에서 아직도 '바다를 따라다니는' 유일한 사람이었다. 그에게 험담으로 던질 수 있는 말은 그가 자기 계급에 속한 것 같지 않다는 점이었다. 대부분의 뱃사람들은 일반적으로 말하는 정착된 삶을 영위하는 반면, 그는 뱃사람이었지만 방랑자였다. 뱃사람들의 마음은 가정적이며, 그들의 집, 다시 말해 그들의 배는 늘 그들과 함께 있었다. 또한 그들의 나라, 즉 바다는 늘 그들과 함께 있는 것이다. 하나의 배는 다른 배와 몹시 흡사하며 바다는 늘 같은 바다다. 이렇게 변화가 없는 뱃사람의 환경 속에서는 외국의 해안이나 외국인의 얼굴이나 변화무쌍한 삶의 방대함도 신비감이 아니라 경멸 섞인 무지라는 베일에 싸인 채 지나가버린다. 왜냐하면 뱃사람에게는 바다 그 자체가 아니면 신비한 것이라곤 아무것도 없으며, 그 바다는 그의 삶을 지배하는 여신이며 운명처럼 헤아릴 수 없는 존재이기 때문이다. 나머지 것들이야 선상 근무 시간 후에 육지에서 그럭저럭 산책하거나 술을 마시는 것으로도 온 대륙의 비밀을 알아내기에 충분하다. 그런데 일반적으로 뱃사람은 그런 비밀도 알 가치가 없다는 것을 깨닫는다. 뱃사람들의 이야기는 솔직하고 단순하여 깨진 호두 껍데기 속을 보듯 그 의미가 뻔하다. 그러나 말로는 이야기를 만들어내는 습성만 빼면 전형적인 뱃사람은 아니었다. 그에게 에피소드의 의미는 과일의 씨처럼 이야기 속에 묻힌 것이 아니라 밖에 있었으며, 찬란한 빛이 아지랑이를 만들어내듯 의미를 지어내는 이야기를 감싼다. 때로 유령 같은 달빛이 몽롱한 달무리 하나를 만들어내는 것과 비슷한 원리였다.

그의 말은 전혀 놀라운 곳이 없는 것처럼 보였다. 그냥 말로다운 이야기였다. 우리는 그의 이야기를 묵묵히 받아들였다. 누구도 투덜대는 수고를 하지 않았다. 이윽고 말로는 아주 천천히 말을 시작했다.

"저번에 나는 1900년 전 로마인들이 처음 이 땅에 왔던 그 옛 시절을 생각하고 있었어……. 그 후 이 강에서 빛이 나타났던 거야. 기사들이냐고? 그래, 그건 광야를 달리는 불꽃, 구름 속에서 번쩍이는 번개의 섬광과 같은 것이었어. 지금 우리는 그 섬광 속에서 살고 있는 거야. 그 섬광이 늙은 지구가 도는 한 지속되기를 기원해! 그러나 어제만 해도 여기는 어둠으로 덮여 있었던 거야. 지중해의 멋진 배, 그게 뭐라더라? 그 3단 노가 달린 트라이림선의 사령관이 갑자기 북진하라는 명령을 받고 그 넓은 골 지역을 단숨에 가로질러 의용군들이 만들어내는 배를 지휘하게 되었을 때의 심정이 어떠했겠나를 상상해보라고. 의용군들이야 퍽이나 쓸모 있는 녀석들이라, 책에서 읽는 것을 믿는다면, 한두 달 사이에 백 척이나 되는 배를 만들어냈다는군. 그 사령관이 여기 왔다고 상상해보라고. 이 세상의 끝, 납빛 바다, 연기 빛깔 하늘, 콘서티나 같은 뻣뻣한 배를 타고 군용물자인지 지령인지를 받아가지고 이 템스강을 거슬러 올라갔다고 상상해보라고. 모래톱, 늪, 숲, 야만인들. 문명인이 먹기에 적합한 것은 거의 하나도 없고 이 템스강 물밖에 마실 것이 없었던 당시를 생각해보라고. 팔레르노산 포도주도 없고 뭍으로 오를 수도 없었어. 황량한 들판 여기저기에 사라진 병영들의 흔적은 있었지만, 그것들은 건초 더미에 떨어진 바늘처럼 흔적도 보이지 않았겠지. 추위, 안개, 폭풍우, 질병, 추방, 죽음. 그렇지, 죽음이 공중, 물속, 숲속에 숨어 있었지. 로마인들은 여기 영국에 와서 파리 떼처럼 죽어가고 있었던 게 틀림없어. 오, 하지만, 그 명령을 받은 사령관은 그 명령을 이행한 거야. 그것도 썩 잘해냈을 거야. 자신이 한 일에 대해 별로 생각도 않았을 테지만, 후일 자기가 젊었을 때 겪은 일들을 자랑삼아 이야기했을 거야. 그들 로마군은 어둠과 맞설 만큼 남자다웠던 거야. 게다가 로마에 친한 친구가 있었다면, 또한 악천후 속에서 살아남았다면 장차 라벤나에 있는 함대의 사령관으로 승진할 기회를 생각하며 위안을 느꼈을지도 모르지. 혹은 토가를 입은 한 의젓한 젊은이를 생각해보라고……. 어떤 제독이나 세무 관리나 상인을 따라 팔자를 고치려고 여기에 왔다고 생각해보라고. 도박치고 너무 지독한 도박이지. 늪지에 상륙하여 숲을 통과하는 행군을 하고 오지에 있는 거점에서 야만성, 극단적인 야만성이 자기를 포위해 조여온다고 상상해보라고. 숲과 정글 속에서, 그리고 야만인들의 가슴속에서 약동하는 야생의 신비한 생명력이 그를 에워쌌다고 상상해보라고. 이런 신비를 파고들어 파악할 비법이란 없는 거야. 그는 이해할 수 없는 것들, 그것도 끔찍한 것들의 한복판에서 살아갈 수밖에 없는 법이지. 그런 상황에서도 사람에게 작용하는 그 어떤, 뭐랄까, 스릴이라는 게 있는 법이야. 징그러운 것에서 느끼는 스릴이라고나 할까? 커지는 후회, 도주하고 싶은 욕망, 무력한 혐오, 굴복, 증오 등에 대해 상상해보라고."

말로는 말을 중지했다.

"생각들 해보라고."

그는 다시 말을 시작했다. 팔꿈치를 들어 팔을 쳐들며 손바닥을 밖으로 하고 책상다리를 한 것이 마치 부처가 연꽃은 없지만 양복을 입은 채 설교하는 것 같았다.

"우리 중 누구도 정확히 그렇게 느끼지는 않을 테지만, 우리를 구하는 것은 능률이며 능률에 대한 열성이야. 그러나 그곳에 침투한

자들은 그리 대단한 인간들은 아니었어. 그네들은 식민지 개척자들이 아니었어. 그들이 하는 일은 다만 착취일 뿐 그 이상의 것은 아니었어. 그들은 정복자였어. 정복하려면 야만적인 폭력만 있으면 되는 거지. 그러나 우리가 폭력을 가졌다고 자랑할 것은 못 돼. 인간의 힘이란 남이 약하다는 데서 기인하는 우연에 불과한 것이니까. 그들은 빼앗기 위해 닥치는 대로 움켜쥐었던 거야. 그건 폭력을 동원한 강도질이고 질이 나쁜 대규모 학살이야. 어둠을 상대해야 하는 자들에게 걸맞게 그들은 맹목적으로 그 짓들을 했던 거야. 세계 정복이란 대개 피부 색깔이 다르거나 우리보다 코가 조금 납작한 인간들에게서 땅을 빼앗는 것을 의미하는데, 자세히 들여다보면 결코 보기 좋은 일은 아니야. 그러한 탈취 행위를 덮어주는 것은 이념뿐이야. 배후에 있는 이념, 감상적인 허식이 아니라 하나의 이념이며 그 이념에 대한 비이기적인 신념뿐이야……. 내세우고 그 앞에 머리 숙이고 제물을 올릴 수 있는 이념뿐이야…….”

말로는 말을 중지했다. 불꽃들이 강 위를 미끄러지고 있었다. 작은 초록색 불꽃, 빨간 불꽃, 흰 불꽃들이 서로 뒤를 쫓다 앞지르고 합쳐져서 가로지르는가 하면 천천히 또는 급히 서로에게서 떨어져 나가고 있었다. 위대한 도시 런던의 교통은 깊어가는 밤에도 잠잘 줄 모르는 강 위에서 계속되고 있었다. 우리는 인내심 있게 기다리며 바라보았다. 밀물이 완전히 들어올 때까지는 할 일이 없었기 때문이다. 한참 침묵이 지속된 후 말로는 주저하는 목소리로 말했다.

"내가 한때 잠시 동안이었지만 강을 왕래하는 기선의 선원이었던 것을 자네들은 기억하지?"

그래서 우리는 썰물로 접어들기 시작할 때까지는 말로의 끝도 없는 경험담을 듣게 되었다는 것을 깨달았다.

"나 개인에게 일어난 일을 가지고 자네들을 괴롭히고 싶진 않아."

이 말 속에는 많은 청중이 가장 듣고 싶어 하는 것이 무엇인지 알지 못하는 이야기꾼의 약점이 드러나 있었다.

"그러나 그 일이 내게 미친 영향을 이해하려면 내가 어떻게 그곳에 가게 되었고, 무엇을 보았으며, 내가 그 불쌍한 친구를 처음 만난 그곳까지 어떻게 강을 거슬러 올라갔는지를 알아야 해. 내 경험 중에서 가장 먼 항해였고 경험의 절정이었어. 어쨌든 내게 일어난 그 사건은 내 주위 모든 것에 일종의 빛을 던져주었고 내 생각 속까지 빛을 던져주는 일 같았어. 그 사건은 정말 어둡고 비참하고, 그렇다고 유별나지도 않고 분명치도 않은 사건이었어. 그래, 명확하지 않단 말이야. 그런데도 일종의 빛을 던져주는 것 같았어. 자네들도 기억하겠지만 그때 나는 6년쯤 걸려 인도양, 태평양, 남지나해, 그러니까 동양을 제대로 구경하고 런던으로 돌아왔던 거야. 돌아와서는 빈둥거리며 친구들 일이나 방해하고 친구들 집으로 쳐들어가 그들을 계몽시킨다는 거룩한 사명이라도 가진 사람처럼 굴었지. 얼마 동안은 그것도 좋았지만 좀 시간이 지나자 쉬는 것도 지겨워지더군. 그래서 나는 배를 찾기 시작했어. 이 세상에서 제일 힘든 일이더군. 배들은 나를 거들떠보지도 않는 거야. 그래서 배를 찾는 숨바꼭질에도 싫증이 나더군.

그런데 말이야, 나는 어렸을 때 지도를 몹시 좋아했어. 남미나 남아프리카나 오스트레일리아를 몇 시간이고 들여다보며 찬란한 탐험을 정신없이 꿈꾸곤 했어. 그때는 지구상에 텅 빈 지역이 많았어. 어느 곳 할 것 없이 끌리긴 했지만 그 지도에서 특별히 마음이 끌리는 지역을 보면 나는 손가락을 갖다 대고 어른이 되면 이곳에 가야지 하고 말하곤 했어. 내 기억에 북극이 그런 장소 중 하나였어. 아직도 가보지는 못했는데 지금도 가볼 생각은 없어. 그때 느낀 매력이 사라지더니 없어졌더군. 그 밖에 가고 싶은 지역들은 적도 근방이나 양반구에 걸친 모든 위도상에 산재해 있었어. 그중 몇 군데는 가보았어……. 하지만 그 이야기는 하지 않겠어. 그런데 어떤 곳이 하나 있었어. 말하자면 제일 크고 제일 텅 빈 장소였어. 내가 제일 가보고 싶은 곳이었어.

사실 그 무렵엔 이미 공백의 땅은 아니었어. 내 소년 시절 이후로 강과 호수들과 여러 가지 이름으로 가득 차버렸더군. 한 소년이 찬란한 꿈을 꾸었던 지도상의 하얀 점, 즐겁고 신비한 공백의 땅은 아니었어. 어두운 곳이 되어버린 거야. 그런데 그곳에는 강이 하나 있었지. 굉장히 큰 강이었어. 지도를 보면 똬리를 푼 커다란 구렁이가 머리 부위는 바다 속에 담그고 몸통은 넓은 땅 위에 구불구불 펼쳐놓고 꼬리는 깊숙한 내륙에 처박은 것 같은 모습을 볼 수 있을 거야. 내가 그 지도를 어떤 서점의 진열대에서 보았을 때 그 강은 구렁이가 새를 홀리듯, 어리석은 작은 새를 홀리듯 나를 홀리고 만 거야. 그러자 그 강에 큰 기업체인지 어떤 무역 회사가 있었던 것이 기억났어. 제기랄! 난 속으로 생각했지. 이 큰 강에서는 어떤 선박을 쓰지 않고는 무역을 할 수 없지, 하는 생각이 들었던 거야. 증기선 말이야! 이왕이면 내가 증기선을 하나 맡아보지 뭐! 플리트 거리를 계속 걸으면서 그 생각을 머리에서 지울 수가 없었어. 그 구렁이가 나를 홀려버린 거야.

유럽의 한 기업체였어. 무역 회사였어. 하지만 나에게는 유럽에 사는 친척이 많았어. 물가도 싸고 보기와는 달리 그렇게 지저분하지 않은 곳이 유럽이라는군.

고백하기에도 죄송한 얘기지만 나는 친척들에게 걱정을 끼치기 시작했지. 나에게는 이미 그때부터가 새 출발이었어. 나는 그런 식으로 일을 하는 데는 길이 들어 있지 않았던 거야. 나는 가고 싶은 곳에는 언제나 내 힘으로, 그러니까 내 다리로 갔다는 말이야. 나 자신도 믿을 수 없는 일이었지만 그때 나는 어떻게 해서라도 꼭 그곳에 가야겠다고 생각했기 때문에 친척들에게 걱정을 끼쳤던 거야. 남자 친척들은 '여보게'라는 말만 되풀이할 뿐 전혀 도와주지 않더군. 한데, 자네들 내 말 믿을 수 있겠나? 난 여자 친척들에게 말을 해본 거야. 내가, 이 찰리 말로가 직업을 얻으려고 여자들을 동원했던 거야. 맙소사! 하지만 여자들이라도 동원할 수밖에 없었어. 나한테는 아주머님이 한 분 계셨는데, 정이 많고 열성적인 분이었어. 그 아주머님이 '즐거운 일이 되겠구나. 너를 위해서라면 무슨 일이건 기꺼이 하겠어. 그건 멋진 생각이야. 내가 행정부의 고관 부인을 하나 알고 또 그 방면에 유력한 사람들도 알고 있단다……' 하는 편지를 나한테 보냈더군. 아주머님은 내 소원이라면 내륙의 강을 왕래하는 증기선 선장으로 임명되도록 해주기 위해 힘을 아끼지 않겠다고 결심했던 거야.

물론 나는 임명을 받았어. 꽤 빠른 시일 내에 받은 거지. 그 회사는 자기네 선장 중 한 명이 원주민들과 싸우다가 살해되었다는 소식을 받았던 모양이야. 이것이 내 기회다 싶어 나는 가겠다는 마음이 더욱 간절해지더군. 여러 달이 지난 뒤 내가 그 시신 중에서 남은 부분을 수습하러 나섰을 때 비로소 그 싸움이 어떤 암탉으로 생긴 오해 때문에 일어났다는 것을 알게 되었지 뭐야. 그렇지, 검은 암탉 두 마리였어. 플레슬레븐. 이게 그 선장의 이름이었어. 덴마크 사람이었어. 그런데 이 친구는 암탉을 흥정하다가 왠지 자기가 속았다는 생각이 든 거야. 그래서 뭍으로 올라와 그 마을 추장을 몽둥이로 패기 시작했다는군. 나는 이런 이야기를 듣고도 조금도 놀라지 않았어. 동시에 그 선장은 누구보다도 점잖고 조용한 인물이었다는 이야기를 듣고도 놀라지 않았어. 그 선장은 틀림없이 그런 인물이었을 거야. 그런데 그 선장은 이미 2년이나 그 지방에서 고귀한 목적을 위해 헌신해왔기 때문에, 아마 어떻게서든지 자기 자존심을 세울 필요를 느낀 모양이야. 그래서 그 늙은 흑인을 무자비하게 팬 거지. 패는 동안 흑인들이 많이 모여들어 넋을 잃고 그냥 바라만 보고 있었다는군. 그러다가 어떤 사나이가, 아니 추장의 아들이 늙은 아버지의 비명을 듣다 못해 그 백인 선장을 창으로 한 번 찔러본 거야. 당연히 창은 양쪽 어깻죽지 사이로 푹 꽂히고 말았지. 온 마을 사람들은 앞으로 별의별 변이 일어날 것을 예상하고 모두 숲으로 도망쳤어. 한편 플레슬레븐이 지휘하던 증기선도 항해사의 지휘하에 허둥지둥 그곳을 떠나버리고 말았지. 그 후 내가 그곳으로 파견되어 죽은 선장의 자리에 앉을 때까지 아무도 죽은 선장의 시체를 건드리지 않은 상태더군. 그러나 그의 시체를 그대로 방치할 수는 없는 노릇이었어. 마침내 내가 그 죽은 전임자를 볼 기회가 왔을 때는 그 늑골에서 자라난 풀이 그의 유골을 뒤덮을 정도였어. 유골은 고스란히 거기 있더군. 그가 쓰러진 후 초자연적인 존재가 되었다고들 생각했던 모양이야. 그래서인지는 몰라도 아무도 그 시체에 손을 대지 않았더군. 마을은 버려지고 초가집들은 허물어진 울타리 안에서 삐딱하게 쓰러져 썩어가면서 검은 아가리를 딱 벌리고 있었어. 이건 정말 재앙이 그 마을에 찾아든 거야. 사람들은 사라지고 없었어. 광폭한 공포가 남녀노소 할 것 없이 모두를 숲속으로 쫓아버렸고, 그들은 돌아오지 않았던 거야. 그 암탉들이 어떻게 되었는지는 나도 몰라. 여하튼 개화라는 명분이 닭들을 희생시킨 것이라고 나는 생각해. 그러나 이 영광된 사건을 통해 나는 미처 그런 자리에 대한 희망도 갖기 전에 임명을 받았던 거야.

　나는 준비하느라 요란하게 뛰어다녔어. 그리하여 48시간도 지나기 전에 내 고용주를 만나고 계약서에 서명하려고 영국 해협을 건너가고 있었어. 몇 시간 후 나는 늘 회로 하얗게 칠한 무덤을 연상시키는 어떤 도시에 도착했어. 분명히 그건 내 편견이었을 거야. 나는 쉽사리 그 회사 사무실을 찾았어. 그 회사는 그 도시에서 제일 큰 건물이어서 내가 만난 사람들은 모두 그 거대함에 감탄하고 있더군. 그 회사는 해외에 거대한 제국을 운영하고 무역으로 끝없는 돈을 벌어들인다고들 하더군. 깊이 그늘진 좁고 인적 없는 거리, 높은 집들, 베니스식 발을 내린 무수한 창문들, 죽은 듯한 정적, 돌 사이에 싹을 터뜨린 풀, 좌우를 막론하고 마차가 드나드는 거창한 아치, 묵직하게 반쯤 열린 문들, 두 짝으로 된 거대한 문들…… 나는 열린 문 하나로 들어가 말끔히 쓸어놓은, 전혀 장식이 없는 층계를 올라가 맨 처음 부딪힌 문을 열었어. 뚱뚱한 여자 하나와 홀쭉한 여자 하나가 까만 털실로 뜨개질을 하면서 짚방석을 깐 의자에 앉아 있더군. 홀쭉한 여자가 일어나더니 눈을 내리깔고 뜨개질을 계속하면서 내 쪽으로 곧장 걸어오질 않겠나. 그래서 몽유병자를 피하듯 비켜서려니까 그제야 멈춰 서서 나를 쳐다보더군. 그 여자의 옷은 우산 커버처럼 밋밋했어. 여자는 돌아서더니 아무 말도 하지 않고 앞장서서 들어가는 것이었어. 나는 이름을 대고 나서 주위를 둘러보았어. 전나무 테이블이 한가운데 있고 벽을 빽 돌리 볼품없는 의자들이 늘어서고, 한쪽 끝에는 무지갯빛으로 색칠해놓은 크고 번들거리는 지도가 있더군. 영국 영토를 나타내는 붉은 색깔의 면적이 무척 넓더군. 붉은색은 언제 보아도 반가웠어. 거기서는 진짜 일이 이뤄지는 걸 알 수 있으니까. 파란색도 꽤 많았고 초록색이 약간, 오렌지색도 더러 있더군. 동해안에 있는 보랏빛 반점은 신나는 발전의 개척자들이 큰 맥주잔을 기울이는 곳을 보여주더군. 그러나 나는 그 어디에도 가지 않고 노란 칠을 해놓은 곳으로 갈 참이었어. 그 한복판으로 갈 참이었어. 그 강이 거기 있었거든. 구렁이처럼 흘리며 치명적인 외형을 띠고 거기에 있었어. 앗! 문이 열리고 머리털이 하얀 비서의 머리통이 동정하는 표정을 지으며 나타나더군. 그러고는 말라빠진 손가락으로 나더러 그 비밀의 방으로 들어오라고 신호하는 것이었어. 방 안 조명은 어두컴컴했고 한가운데 묵직한 책상이 웅크리고 있더군. 그 의자 뒤쪽에서 프록코트를 입은 창백하고 포동포동한 형상 하나가 나타나더군. 바로 위대한 분 자신이 나타난 것이었어. 내 판단으로는 그 사람은 키는 5, 6척에 불과했지만 몇백만 명을 무슨 손잡이 끝을 잡듯 움켜잡고 있는 사람이었어. 나와 악수를 나눈 것 같아. 그러고는 뭐라고 중얼거리더니 내가 구사하는 프랑스어에 만족하더군. 그러더니 이어서 '봉 부아이야즈*!' 하고 말하더군.

---

* Bon voyage, '잘 다녀오시오'란 뜻의 프랑스어.

약 45초 후 나는 그 동정적인 비서와 함께 대합실로 나왔어. 비서는 연민과 동정심을 발휘하며 나에게 어떤 서류에다 사인하라고 하더군. 그 서약서에는 무엇보다 사업상 비밀을 누설하지 않겠다고 약속하는 조항이 있었던 것 같아. 나도 비밀을 누설할 생각은 없었어.

나는 좀 불안해지기 시작하더군. 알다시피 나는 이런 격식에 익숙한 사람이 아니잖나? 그런데 거기 분위기에는 무언가 불길한 데가 있었어. 뭐랄까, 내가 나도 모르게 어떤 정당치 못한 음모에 가담하는 것 같았다, 이 말이야. 밖에 나오니까 좀 나아지더군. 바깥방에서는 두 여자가 까만 털실로 열심히 뜨개질을 하고 있더군. 사람들이 들어오니까 젊은 여자가 왔다 갔다 하면서 그들을 소개했어. 나이가 많은 여자는 의자에 그대로 앉아 있었어. 그녀의 납작한 헝겊 슬리퍼는 발 보온 장치 위에 놓여 있었는데, 그녀의 무릎에는 고양이가 누워 있더군. 그녀는 풀 먹인 흰 헝겊을 머리에 쓰고 있었고 한쪽 뺨에는 사마귀가 있었어. 은테 안경이 그녀 코끝에 매달려 있었어. 그 안경 너머로 그녀는 나를 힐끗 보더군. 그 눈초리에 담긴 잽싸고 무관심한 평온함이 나를 불안하게 만들더군. 바보처럼 명랑한 얼굴을 한 두 젊은이가 안내를 받아 그리로 들어오고 있었는데, 그녀는 그들에게도 똑같이 무관심하고 지혜로운 시선을 힐끔 던졌어. 그녀는 그 젊은이들이나 나에 대해 다 안다는 눈치였어. 으스스한 기분이 나를 엄습하더군. 그녀는 섬뜩하고 불길한 여자처럼 보였어. 나는 그곳에서 먼 곳으로 갔을 때도 자주 이 두 여자를 생각했어. 어둠의 문을 지키며 따뜻한 관 덮개를 만들기라도 하듯 까만 털실로 뜨개질을 하던 이 두 여자 말이야. 하나는 사람들을 소개하며 쉴 새 없이 그들을 미지의 땅으로 인도하고 또 하나는 무관심한 늙은 눈초리로 명랑하고 어리석은 얼굴들을 뚫어지게 바라보던 일을 상기했단 말이야. '까만 털실로 뜨개질하는 늙은이여, 만세! 이제 죽음을 앞둔 자들이 그대에게 인사를 드립니다.'* 이런 생각을 하며 그 여자들을 상기했다니까. 그녀가 그런 눈으로 바라본 많은 사람들은 그녀를 다시는 보지 못했지. 먼 길을 돌아와 다시 그녀를 본 사람은 절반도 되지 않았던 거야.

의사를 볼 일이 아직 남아 있더군. 비서는 나의 슬픔에 큰 역할을 담당하고 있다는 거동으로 '단순한 형식입니다' 하고 안심시키듯 말하더군. 그 도시는 죽음의 도시 같았지만 그 건물에는 서기가 몇 사람 있었어. 서기처럼 보이는 젊은 사나이가 왼쪽 눈썹이 덮이도록 모자를 눌러 쓰고 위층 어디서 내려오더니 나를 안내했어. 그 서기는 초라하고 단정치 못한 사나이였어. 겉저고리 소매에는 잉크 자국이 있었고 낡은 구두 앞축같이 생긴 턱 밑에다 맨 크라바트**는 하도 커서 너풀거리더군. 의사를 만나기에는 너무 일러서 내가 한잔하자고 했더니 금방 명랑해지더군. 베르무트 술을 마시고 있으려

---

* 죽음을 앞둔 검투사들이 황제에게 드리던 인사.
** 넥타이.

니까 그는 회사의 사업을 찬양하는 거였어. 그래서 그런 사업의 현장에 나가지 않는 것이 놀랍다고 내가 지나가는 말로 한마디 했지. 그랬더니 그 즉시 매우 냉정해지고 침착해지면서 말하는 거야. '플라톤이 제자에게 가로되, 나는 보기보다는 어리석지 않다' 하고 서기는 고상한 체하면서 말하더니 무슨 결단이라도 내린 듯 술을 들이켰어. 그래서 우리는 일어났지.

 늙은 의사는 내 맥을 짚더군. 맥을 짚는 동안 내내 의사는 분명 다른 생각을 하는 것 같았어. '좋아요, 그곳에 가도 되겠어요' 하고 중얼거리고 나서 의사는 아주 진지한 태도로 내 머리 크기를 재고 싶은데 허락하겠느냐고 묻는 거야. 좀 놀라서 '네, 그렇게 하십시오' 하고 허락했더니 측정기 같은 것을 꺼내가지고 앞, 뒤, 사방의 면적을 세심하게 기입하면서 측정했어. 의사는 텁수룩한 수염을 기른 자그마한 남자였는데 닳아빠진 겉저고리를 입고 헝겊 슬리퍼를 신었더군. 악의는 없는 바보 정도로 생각했어. '과학을 위해 항상 그곳으로 나가는 사람들의 두개골을 잴 수 있도록 허락을 받습니다' 하고 의사가 말하더군. '그네들이 돌아왔을 때도 그렇게 하셨습니까?' 내가 물었지. '오, 나는 그 사람들을 두 번 다시 보지 못했어요' 하더니 곧 말을 이어 '그런데 더욱 중요한 것은 변화란 내부에서 일어나는 것이란 말입니다' 하고 말하고는 중요한 농담을 듣기라도 한 것처럼 웃더군. '그러니까 당신은 그곳으로 가려는 것이지요? 훌륭하십니다. 재미도 있고요.' 의사는 살피는 시선을 내게 던지더니 한마디 더 하는 거야. '당신 집안에 정신병자는 없었습니까?' 하고 태연하게 묻질 않겠나. 나는 화가 나서 '그 질문도 과학을 위한 것입니까?' 했더니 의사는 내가 화난 것에는 아랑곳하지 않고 '과학을 위한 것이 될 수도 있습니다. 그런 현장에서 개개인의 심적 변화를 관찰한다는 것은 과학을 위해서 흥미로운 일일 겁니다. 그러나……' 하고 말하더군. '선생님은 정신과 의사신가요?' 하고 내가 그의 말을 채뜨렸어. '의사는 모두가 어느 정도는 정신과 의사가 되어야지요' 하면서 그 괴짜는 끄떡도 안 하는 거야. '그쪽으로 가는 사람들이 내가 증명하려는 학설을 도와주셔야 합니다. 이것이 우리나라가 이처럼 광대한 속령에서 거두어들이는 이익에 대해 내가 할 수 있는 몫입니다. 단순한 부귀 따위는 나는 남들에게 주어버립니다. 제 질문을 용서하십시오. 그러나 당신은 내가 관찰하는 최초의 영국인입니다…….' 나는 내가 전형적인 영국인과는 거리가 멀다고 말했어. '내가 전형적인 영국인이라면 이렇게 의사 선생님하고 이야기도 하지 않을 겁니다'라고. '댁의 말씀은 의미가 깊습니다. 또한 잘못된 발언인 것도 같습니다' 하고 의사는 웃으면서 말하더군. '뙤약볕에 노출되는 것보다 화내는 행위를 더 피하셔야 합니다. 아듀, 영국 사람들은 뭐라고 하나요? 굿바이? 아, 맞아. 굿바이! 아듀! 열대 지방에서는 무엇보다 침착해야 합니다…….' '뒤 캄므*, 뒤 캄므 아듀.' 의사는

---

* Du camle, '침착하세요'란 뜻의 프랑스어.

손가락으로 나에게 경고하더군.

또 한 가지 할 일이 남아 있었어. 나의 훌륭한 아주머니에게 작별 인사를 하는 일 말이야. 아주머니는 의기양양하더군. 나는 아주머니 댁에서 차를 한잔 마셨어. 긴 세월에 걸쳐 마지막으로 마신 차다운 차였어. 그것도 우리가 숙녀의 거실에 기대할 수 있는 극히 안락한 분위기가 감도는 방에서 마신 차였어. 우리는 불 옆에서 조용히 이야기했어. 이렇게 둘이서만 이야기하는 동안, 그 고관의 부인과 그 밖에 수도 없이 많은 여러 사람에게 내가 특출하고 재주 있는 인물로 알려져 있다는 것이 분명해졌어. 그 회사로서는 땡잡은 인물이라는 것이었어. 좀처럼 구경하기 힘든 인물로 알려진 거지. 참으로 환장할 일이었어! 그런데 나는 1페니짜리 기적이 달린 보잘것없는 하천 증기선을 맡게 될 거라고 했어. 하지만 나는 돈깨나 있는 직원이자 일꾼으로 알려진 모양이야. 무슨 광명의 사자, 좀 급이 낮은 사도(使徒) 같은 존재 말이지. 당시는 인쇄물이나 소문으로 이런 황당한 이야기가 많이 떠돌던 시기였고, 그런 엉터리 거짓말의 소용돌이 속에서 살았던 탓에 아주머니 같은 훌륭한 여자들도 그만 속아 넘어갔던 모양이야. '그 몇백만 무지몽매한 인간들을 그 끔찍한 생활에서 해방시키는 일'에 대해 아주머니가 이야기하는 통에 종래에는 나는 정말이지 마음이 불편해서 죽을 뻔했지 뭐야. 나는 회사란 이익을 얻기 위해 운영되는 것이라고 감히 용기를 내어 아주머니에게 말해버렸어.

'사랑하는 찰리, 노무자는 삯을 받을 자격이 있다는 누가복음의 말씀을 자네는 잊은 거야' 하고 아주머니는 명랑하게 말하더군. 여자들이 진리와 담쌓고 사는 것, 그건 이상할 정도야. 여자들은 자기 나름의 세계 속에서 사는 거지. 그런데 그런 세계는 이제껏 없었고 앞으로도 있을 수 없을 거야. 그 세계는 온통 너무 아름다운 세계여서 설사 여자들이 그런 세계를 실제로 세운다 하더라도 첫날 해가 지기도 전에 와해되고 말 거야. 창세기 이래 우리 남자들이 만족스럽게 받아들이며 살아온 황당한 사실이 고개를 들고 일어나 그런 세계를 발칵 뒤집어엎을 거란 말이지.

이러고 나서 아주머니는 나를 포옹하고 플란넬 옷을 입어라, 반드시 자주 편지해라 등 여러 가지 이야기를 하더군. 그렇게 해서 나는 그곳을 떠났어. 거리에 나오자 이유는 모르겠는데, 자꾸 내가 사기꾼이라는 느낌이 들더라고. 세계 어디든 미리 24시간 여유만 주면 남들이 길 하나 건너갈 때 신경 쓰는 것보다도 신경을 쓰지 않고 떠나버리던 내가 일순간 주저까지는 아니지만 이 평범한 출발에 앞서 멈칫했던 거야. 이상한 일이었어. 알아듣기 좋게 설명하면 일이 초 동안 대륙의 중심으로 가는 게 아니라 지구 중심을 향해 출발한다는 느낌이 들었다는 말이야.

나는 프랑스 증기선을 타고 출발했어. 이 배는 단순히 군인과 세관원들을 상륙시킨다는 목적에 맞춰 항구가 있다 하면 모든 항구에 들르더군. 나는 해안을 자세히 바라보았어. 배 곁을 미끄러지며 지나가는 해안을 바라보는 것은 무슨 수수께끼에 대해 생각하는 것과 같았어. 바로 눈앞에서 웃고 찌푸리고, 오라고 초대하고, 웅대하면서 초라하고, 무미건조하거나 야만적인 그 해안은 이리 와서 나를 알아내라고 말없이 속삭이는 것 같았어. 그 해안은 아직 조성 단계에 있는 것처럼 단조롭고 침울한 외양을 가지고 있을 뿐 별 특색은 없더군. 거의 검은색에 가까운 짙은 초록색 정글, 그 거대한 정글 언저리가 하얀 파도에 싸이고 자로 그은 듯이 직선으로 뻗어서, 저 멀리 번져오는 안개로 희미해 보이는 바다와 평행선을 그어가고 있었어. 태양은 이글거리고 대지는 수증기로 번쩍이면서 물방울을 뚝뚝 떨구는 것 같았어. 여기저기 하얀 파도 속에 깃대를 휘날리는 희끄무레한 점들이 몰려 있는 것이 보이더군. 몇 세기씩 된 정착지들이었어. 배경을 이루는 미개한 넓은 공간에 비하면 핀의 머리 부분보다 클 것도 없는 작은 것으로 보이더군. 우리는 계속 통통 소리를 내며 가다가 멈추어 군인들을 내려놓고 다시 가다가 세관원들을 벌판 움막에다 내려놓았는데, 그 움막에는 깃대만 하나 삐죽 내걸려 있었어. 모두 세금을 잘 거두라고 배치되는 것이었겠지. 또 군인을 몇 명 더 내려놓고 떠났어. 세관원들을 잘 보호하기 위한 조치였을 거야. 그때 몇 사람이 파도 속에 빠졌다는 이야기가 들려왔지만, 사람이 빠졌건 안 빠졌건 아무도 개의치 않는 것 같더군.

　물에 빠진 자들을 그냥 그곳에 던져둔 채 우리는 계속 갔어. 해안의 모습은 마치 우리가 전혀 움직이지 않고 있는 것처럼 똑같아 보였어. 그러나 우리는 여러 곳, 그러니까 무역 거점들을 통과했는데, 흉측한 배경 막 앞에서 연출되는 시시한 개그 쇼에서나 나올 듯싶은 그랑바삼이니 리틀 포포니 하는 이름이 붙은 무역 거래소들을 지나갔어. 승객들의 무료함, 접촉이나 대화가 전혀 없는 사람들 사이에서의 고독감, 기름을 칠한 것같이 나른한 바다, 해안을 덮은 한결같은 음산함 등은 나를 현실 세계에서 떼어내어 슬프고 무의미한 망상의 고달픔 속에 잡아두는 것 같았어. 이따금 들려오는 파도 소리가 어떤 형제들 간의 이야기 소리처럼 반갑더군. 파도 소리는 이성과 의미가 있는 자연스러운 것이었으니까 말이야. 이따금 연안에서 오는 보트가 우리에게 일시적으로나마 현실 세계와 접촉을 하고 있구나 하는 위안을 안겨주었어. 보트는 흑인들이 젓고 있었어. 흑인들의 눈 흰자위가 번쩍이는 것이 보였어. 그들은 외치며 노래했고 그들의 몸뚱이 위로는 땀이 비 오듯 흘렀어. 이 흑인들은 괴이한 탈 같은 얼굴을 하고 있었지만 골격과 근육과 야생적 생명력을 가지고 있었고 동시에 해안에 몰아치는 파도처럼 자연스럽고도 진정한 억센 운동력을 가지고 있었어. 그것들에게도 존재 이유가 없진 않았어. 그들을 바라보는 것만으로도 큰 위안이 되었으니까. 얼마 동안 나는 현실 세계에 속한다는 느낌을 가져보았어. 그러나 그 느낌은 오래가지 않더군. 그런 현실감을 후닥닥 쫓아버리는 일들이 일어나곤 했어. 한번은 이랬어. 지금도 기억이 나지만, 연안 앞바다에 정박한 군함을 만났어. 육지에는 오두막 한 채도 없는데 그 군함은 숲에 대고 포를 쏘는 거였어. 프랑스인들이 그 근방에서 전쟁을 벌이고 있었던 모양이야. 함대 깃발이 축 늘어지고 6인치 포의 긴 포신이 나지막한 함선의 몸체에서 불쑥불쑥 밖으로 나오더군. 기름이 흐르는 파도가 군함을 둥실 떠올렸다가 다시 내려뜨리며 가느다란 마스트를 흔들더군. 땅과 하늘과 물이라는 텅 빈 광대무변함 속, 그 속에 군함 한 척이 있는 거야. 그놈은 대륙에다 대포를 쏘고 있는 거야. 알 수 없는 일이었어. 꽝 하고 6인치 포탄을 하나 쏘면 작은 불꽃이 번쩍이며 튀어나가다가 꺼지고 하얀 연기가 사라지면서 조그만 포탄이 쌩 하는 소리를 냈지만 아무 일도 일어나지 않더군. 일어날 수가 없었어. 이런 짓거리에는 일말의 광기가 있었고 그 광경에는 애처로운 개그 쇼 같은 기미마저 있더군. 원주민들의 캠프가 보이지 않는 곳에 숨어 있다고 정색을 하며 확언하는 탑승자의 말이 있었지만 그 광기를 덜어주지는 못했어. 그 친구, 참, 원주민들을 적이라고 부르더군!

우리는 군함에 전달할 편지들을 전해주고 계속 항해했어(그 외로운 군함에서는 하루에 세 사람씩 열병으로 죽어간다는 이야기가 돌더군). 우리는 우스운 이름을 가진 곳 몇 군데를 더 들렀어. 죽음과 교역의 신나는 춤이 뜨겁게 데운 대기 속, 지하 무덤같이 조용하고 흙내 나는 대기 속에서 진행되고 있더군. 자연의 여신이 침입자들을 막으려고 나서는 것처럼, 형체 없는 해안 가장자리를 험악한 파도가 가로막고 있더군. 제방은 썩어서 진흙이 되고 물은 찐득찐득한 흙탕

물이 되어버린 뒤여서 강 여기저기에서 그 산송장이 된 물줄기가 뒤틀린 맹그로브 나무들 사이로 밀려들었는데, 그건 마치 강물 역시 극단의 무기력에 빠져 우리들을 보고 몸부림을 치는 것 같았어. 우리는 그 어느 곳에서도 특별한 인상을 받을 만큼 오래 머물지는 않았지만, 막연하면서도 목을 죄는 듯한 의혹이 갈수록 나를 엄습했어. 어렴풋한 악몽 속을 걸어가는 고달픈 순례의 여정 같았지.

내가 그 거대한 강의 하구를 본 것은 30일 이상 지난 후였어. 우리는 관청 소재지 근처에서 닻을 내렸어. 그렇지만 내 임무에 착수하려면 200마일가량 더 가야 했어. 그래서 나는 되도록 빨리 30마일 상류에 있는 어떤 장소를 향해 출발했던 거지. 나는 작은 해양 증기선을 탔어. 선장은 스웨덴 사람이었는데, 내가 선원이라는 것을 알자 나를 배의 브리지로 오라고 초청하더군. 그는 몸이 호리호리하고, 희고 침울한 표정에 머리털이 축 늘어지고 질질 끄는 걸음걸이의 젊은이였어. 우리가 그 초라한 부두를 떠날 때 그는 경멸하듯 코를 치켜들며 해안을 바라보며 말하더군. '저기서 살고 계셨나요?' 하고 그가 묻기에 나는 그렇다고 대답했지. '이 정부 관리들은 훌륭한 사람이지요' 하면서 선장은 아주 정확한 영어로 입맛이 쓰다는 듯이 말하기를 '한 달에 몇 푼 벌려고 어떤 사람들이 하는 일을 보면 웃음이 나와요. 그런 친구들이 내륙으로 들어가면 어찌 될지 궁금합니다.' 그가 그렇게 말하기에, 어찌 될지는 내가 곧 눈으로 보게 될 거라고 말해주었어. '그렇군요!' 하고 선장은 소리치더군. 그는 가로질러 발을 질질 끌면서 한쪽 눈은 계속 경계하듯 앞을 향하고 있었어. '너무 자신을 갖지 마십시오. 일전에 어떤 사람을 태웠는데 도중에 목을 매어 자살하더군요. 그도 스웨덴 사람이었는데 그만' 하고 그가 말하더군. '목을 맸다고요? 아니, 그건 또 왜요?' 하고 내가 소리쳤어. 선장은 계속 경계하는 눈으로 밖을 내다보더군. '누가 압니까? 햇볕을 참아내기 힘들었거나 이 나라가 참을 수 없었나 봅니다.'

마침내 우리는 강이 갈라지는 유역에 도착했어. 바위 절벽이 나타나고 물가에 흙을 파서 만든 흙무덤들, 언덕 위의 집들, 파헤친 폐허 속에 위치했거나 아니면 경사면에 매달린 양철 지붕을 얹힌 집들이 나타나더군. 상류 쪽 급류가 내는 영속적인 물소리가 사람이 사는 이 황막한 공간 위를 맴돌더군. 거의가 흑인이었는데, 벌거벗은 사람들이 우글우글 개미처럼 움직이고 있었어. 방파제가 강물 속으로 뻗어 있었지. 눈부신 햇살이 이따금 갑작스레 이글대며 이 모든 것들을 삼켜버리고 있었어. '저기 당신의 회사 출장소가 있어요.' 스웨덴 선장은 바위로 된 경사면에 있는 목조 막사 세 개를 가리키며 말했어. '짐은 내가 보내드리겠습니다. 궤짝이 네 개라고 하셨지요? 그럼, 안녕히 가십시오.' 나는 풀밭에 뒹굴고 있는 보일러 하나와 우연히 마주쳤어. 그 덕분에 언덕 위로 올라가는 길을 찾은 거야. 길은 자갈 더미와 뒤집힌 채 바퀴를 공중으로 쳐들고 자빠진 조그만 철로용 수레를 피해 옆으로 구부러지며 뻗어가고 있었어. 들린 바퀴 하나는 떨어져 나가서 보이시 않더군. 무슨 동물의 시체같이 보이더군. 나는 썩어가는 기계의 파편 몇 개와 녹슨 철도 레일 더미와도 마주쳤어. 왼쪽으로 나무 한 무더기가 그늘진 자리를 만들고 그 밑에 검은 물체들이 힘없이 움직이고 있더군. 나는 눈을 껌뻑였어. 길은 가파르더군. 그때 오른쪽에서 뿔나팔이 울렸어. 그러자 흑인들이 뛰는 것이 보이더군. 묵직하고 무딘 폭음이 대지를 뒤흔들더니 연기가 푹석하고 솟아났는데 그것이 전부였어. 바위 표면에 아무런 변화도 나타나지 않더군. 그들은 철로를 놓고 있는 중이었어. 절벽은 아무 장애물 역할도 하지 않았지만 공연히 다이너마이트만 계속 터뜨리는 것이 작업의 전부였어.

뒤에서 약하게 딸랑거리는 소리가 나서 뒤를 돌아보았어. 여섯 명의 흑인이 줄을 지어 헐떡이며 길을 올라가더군. 그들은 흙을 가득 담은 작은 광주리를 머리에 이고 균형을 잡으며 바른 자세로 천천히 걷고 있더군. 그 딸랑딸랑 하는 소리가 그들의 발걸음과 장단을 맞추었어. 허리에 둘러서 짧게 뒤로 늘어뜨린 검은 헝겊 끝이 좌우로 꼬리처럼 흔들리고. 죄다 갈비뼈가 앙상하게 드러나 보였고 사지의 관절이 밧줄의 매듭 같더군. 저마다 목에는 쇠굴레를 차고, 모두 쇠사슬에 묶여서 그들 사이에 사슬 꼬리가 늘어져 규칙적으로 딸랑거리는 거였어. 절벽에서 들려오는 또 하나의 포성이 내게 문득 대륙에 대고 포를 쏘던, 그전에 보았던 군함을 상기시키더군. 그것 역시 똑같이 불길한 소리였어. 그러나 아무리 이모저모로 상상해보아도 이 친구들을 적이라고 부를 수는 없었어. 그들을 범죄자라고 부르고, 분노한 법은 터지는 포탄처럼 그들에게 나타난 거지. 그 법이란 것은 흑인들에게는 바다 건너에서 닥쳐온 이해할 수 없는 신비였어. 그들의 앙상한 가슴팍은 일제히 헐떡이고 격렬하게 벌어진 콧구멍은 바르르 떨리고 눈은 돌처럼 굳어진 채 언덕 위를 올려다보더군. 그들은 내 곁을 스치듯이, 그러니까 6인치 거리도 안 되게 지나갔는데, 한눈도 팔지 않고, 불행한 야만인의 완벽한 무관심, 아니 죽음 같은 무관심한 표정을 하고 지나가더군. 이 원시적인 때 묻지 않은 군상들 뒤에는 당시에 활동하던 새로운 힘의 산물, 즉 개화된 흑인 한 명이 라이플총의 중간을 손에 쥐고 의기소침한 모습으로 어슬렁거리며 걷고 있었어. 단추 하나가 떨어진 제복 저고리를 입고 있었는데, 같은 길을 걷는 백인 하나를 보더니 민첩하게 총을 어깨에 메더군. 이건 전적으로 경계하는 거동이었어. 멀리서 보면 백인들은 모두 비슷하게 보이기 때문에 내가 누구인지 분간하지 못한 거였어. 그 흑인은 곧 안심하는 자세로 돌아가 이를 하얗게 드러내며 악마 같은 웃음을 짓고, 자신이 감시하는 죄수들을 힐끗 한번 보더니 나를 성스러운 자신의 일을 함께하는 동료로 생각하는 것 같았어. 결국 나도 이 고상하고 정의로운 사업이 표방하는 그 위대한 명분의 일부였던 거야.

  나는 올라가질 않고 방향을 바꿔 왼쪽으로 내려왔어. 언덕을 오르기 전에 사슬에 묶인 그 무리를 보지 않겠다는 생각에서였어. 나는 특별히 마음 약한 사람은 아니거는. 나노 남을 내리고 물리쳐야 했던 일이 있었으니까. 때로 항거도 하고 공경도 해야만 했던 적도 있어. 내가 어쩌다가 실수로 발을 들여놓은 삶이 요구하는 대로, 대가도 계산하지 않고 그게 그냥 저항하는 유일한 길이었으니까 말이야. 나는 폭력적인 악마도 보았고 탐욕적인 악마도 보았고 색을 밝히는 악마도 보았어. 그러나 인간을 지배하고 부려먹는 이자들이야말로 강하고 탐욕적이고 눈이 시뻘건 악마들이었어. 바로 그런 인간들이야말로 악마들이었단 말이야. 그러나 이 언덕 비탈에 서 있을 때 그 땅의 눈부신 햇살 속에서 살이 축 늘어지고 가식적이고 욕심 많고 무자비한 어리석은 짓을 마구 저지르는, 그 시력이 약한 악마 하나가 내 눈에 떠오르는 것이었어. 그가 얼마나 음흉한 자인지는 몇 달 후 1천 마일을 더 강을 타고 올라간 다음에야 비로소 알게 되었어. 순간, 나는 무슨 경고를 받은 것처럼 섬뜩한 기분으로 서 있었어. 마침내 나는 아까 보았던 나무들을 향해 비스듬한 언덕을 내려갔어.

  언덕 경사면에서 나는 무엇에 쓰려고 판 것인지 짐작할 수 없는 커다란 웅덩이 하나를 피해 내려갔어. 그 웅덩이는 채석장도 모래 채취장도 아니었어. 그저 하나의 구멍이었어. 모르긴 해도 죄수들에게 할 일을 마련해주자는 박애주의적인 욕구와 관련이 있는 것도 같았어. 난 지금도 몰라. 다음 순간 나는 언덕배기에 난 상처처럼 생긴 매우 좁은 골짜기에 빠질 뻔했어. 그곳에는 정착지 건설에 쓰려고 들여온 하수도용 파이프가 잔뜩 처박혀 있더군. 부러지지 않은 것은 하나도 없었어. 함부로 바수고 으깨놓은 형상이었어. 마침내 나는 나무들 아래로 들어섰어. 잠시 그늘 속으로 산책할 생각이었어. 하지만 그곳에 들어서자마자 무슨 연옥의 어두운 권역으로 들어선 것 같은 기분이 들더군. 급류가 가까이 있어서 그칠 줄 모르고 한결같고 억세고 돌진하는 물소리가 침울한 숲의 정적을 채워주고 있었어. 그 숲에는 바람 한 점 없었고 나뭇잎 하나 움직이지 않고, 마치 처음으로 우주 공간으로 띄워진 지구가 찢어지는 속도로 공기를 가르는 그 소리가 갑자기 들리기 시작한 것처럼 신비한 소리로 채워져 있었어.

검은 형상들이 나무 사이사이에 쪼그리기도 하고 눕기도 하고 앉아 있는가 하면 나무 밑동에 기대 있기도 하고 땅에 매달려 있기도 했어. 침침한 광선 속에서 반은 드러나고 반은 가려진 채 그 형상들은 고통과 자포자기와 절망이 나타낼 수 있는 온갖 형태를 연출하고 있었어. 절벽에서 또 하나의 지뢰가 터지더니 뒤이어 내 발밑의 흙이 약간 흔들리더군. 작업은 계속되고 있었어. 작업! 그런데 여기는 그 작업을 돕던 자들이 죽기 위해 물러나 와 있는 장소였던 거야.

그들은 천천히 죽어가고 있었어. 그건 분명했어. 그들은 적도 아니고 범죄자들도 아니며 이미 지상에 속한 어떤 것도 아니었어. 푸르께한 그늘 속에서 뒤섞여 드러누운, 질병과 기아의 검은 그림자일 뿐이었어. 해안 여기저기에서 합법적인 기한부 계약으로 끌려와 낯선 환경 속에 던져져 낯선 음식을 먹고 병들어 일을 못하게 되면 기어 나와 이렇게 휴식하도록 허락받은 거였어. 이 죽어가는 형체들은 공기처럼 형체가 없었고, 거의 공기처럼 엷었어. 나무 밑에서 희미한 빛의 눈동자가 보이기 시작하더군. 그때 아래를 보니까 내 손 바로 옆에 얼굴이 하나 있더군. 한쪽 어깨를 나무에 기대고 길게 누운 까만 해골이 눈꺼풀을 서서히 올리더니 움푹 파인 눈이 나를 쳐다보고 있었어. 크고 퀭하고 시력도 잃은 깊숙한 안구에서 깜빡이던 흰자위가 조금씩 광채를 잃어가고 있었어. 그 흑인은 젊어 보였어. 거의 소년이었어. 하지만 흑인들 나이는 분간하기 힘들더군. 내가 한 일은 다만 내 주머니에 가지고 있던 스웨덴 선박에서 받은 비스킷 하나를 그에게 주는 것이었어. 손가락이 천천히 비스킷 위를 감싸더니 그것을 잡더군. 더는 움직임도 없었고 바라보는 눈길도 없었어. 그는 목에 하얀 털실을 감았더군. 왜 그랬을까? 장식? 부적? 귀신을 달래는 행위일까? 이에 관련된 어떤 사상이라도 있는 것일까? 나는 자문해보았어. 바다를 건너온 이 하얀 털실 토막은 그의 새까만 목덜미에서 유난히 눈에 띄더군.

바로 그 나무 가까이에 예각을 이룬 두 개의 형체들이 발을 끌어당기고 앉아 있더군. 하나는 무릎 위에 턱을 괴고 참을 수 없이 무서운 모양으로 허공을 응시하고 있었어. 또 하나의 형체는 격심한 피로에 지친 듯 무릎에 이마를 얹고 있었고. 그 밖에 주변 모든 형체들도 뒤틀린 채 쓰러진 자세로 흩어져 있었는데, 대학살이나 흑사병을 묘사한 그림에서나 볼 수 있는 광경이었어. 내가 공포에 사로잡혀 있는 동안 그중 하나가 두 손과 두 무릎으로 일어나 엉금엉금 기어 강가로 물을 마시러 갔어. 그는 손에 묻은 물을 핥아먹고 나더니 그 뙤약볕에서 책상다리로 앉았다가 얼마 후 머리칼이 더부룩한 머리를 가슴뼈 위에 떨구고 말더군.

숲속 그늘에서 더는 서성대고 싶지 않아 나는 서둘러 출장소로 걸음을 재촉했어. 출장소 건물 가까이 갔을 때 어떤 백인 하나를 만났어. 예상 밖으로 우아한 옷차림을 하고 있어서 나는 처음에 그가 어떤 환영이 아닌가 하는 생각을 했어. 풀 먹인 높은 칼라, 하얀 커프스, 가벼운 알파카로 짠 윗도리, 눈처럼 흰 바지, 깨끗한 넥타이, 구두약을 윤기 나게 바른 구두가 눈에 들어오더군. 모자는 쓰고 있지 않았어. 하얗고 큼직한 손에 들린 파라솔은 안이 녹색으로 되었는데, 그 밑에 있는 머리는 가운데를 갈라서 빗질하여 기름을 발랐더군. 놀라운 친구였어. 귓바퀴 뒤에는 펜이 꽂혀 있더군.

나는 이 기적을 갖춘 사나이와 악수를 하고 그가 회사의 회계 주임이라는 것, 모든 장부 정리는 이 출장소에서 이루어진다는 것을 알게 되었어. 그는 잠시 신선한 공기를 마시러 나왔다더군. 앉아만 있는 사무실 생활을 암시하는 이런 표현은 굉장히 이상하게 들리더군. 그 시절에 대한 나의 추억과 뗄 수 없는 관계가 있는 사람의 이름을 이 친구 입에서 처음 듣지만 않았어도 난 이 친구 이야기를 꺼내지 않았을 거야. 게다가 나는 이 친구를 존경했어. 정말 그랬다니까. 그 칼라와 커다란 커프스, 빗질한 머리, 그의 외양은 천상 미용사의 모델 같았지만, 극도로 혼란스러운 그런 땅에서 그 친구가 말끔한 외양을 유지하고 있었기 때문이야. 그런 것을 줏대라고 하는 거니까. 풀 먹인 칼라와 손질한 와이셔츠의 앞면은 인격이 이루어낸 업적이지 뭐야. 그 친구는 근 3년을 그곳에 있었다더군. 나중에 나는 어떻게 그런 아마포로 된 의복을 입고 다닐 수 있게 되었느냐고 물어보지 않을 수 없었어. 그 친구는 낯을 좀 붉히는가 싶더니 겸손하게 '출장소 근처의 원주민 여자 하나를 길들였습니다. 어려운 일이었습니다. 일을 싫어해서 말입니다'라고 대답하더군. 이렇듯 이 친구는 분명 무엇을 이루어놓았던 거야. 그가 전력을 기울인 장부는 빈틈없이 정리되어 있었을 거야.

 출장소의 다른 것들은 엉망진창이었어. 머리들, 물건들, 건물들……. 모두가 엉망이었어. 넓적한 발을 가진 먼지투성이 흑인 대열이 들어왔다가는 나가더군. 제조된 상품들, 싸구려 무명, 구슬들, 놋쇠 철사 다발이 이 어둠의 오지로 들어오고 그 대가로 값진 상아가 줄줄 새나가고 있었어.

 나는 이 출장소에서 열흘을 기다려야 했어. 영원처럼 길게 느껴지는 시간이었어. 마당에 있는 오두막에 기거하면서 이 혼돈에서 빠져나가려 나는 이따금 회계사 사무실에 갔어. 사무실은 판자를 가로로 잇대어 지은 것이었는데, 어찌나 엉터리로 잇대어놨던지 회계사가 높은 책상에 엎드리면 그의 목에서 발꿈치까지 가는 햇살이 만들어내는 줄이 그를 감금시키더군. 밖을 내다보려면 큰 덧문을 열 필요가 없었어. 그곳 역시 더웠지. 커다란 파리들이 악마처럼 윙윙거리며 쏘는 것이 아니라 깊이 푹 찌르는 것이었어. 회계사가 말끔한 옷차림을 하고(약간의 향수까지 바르고) 높고 둥근 의자에 앉아 쓰고 또 쓰는 동안 나는 대개 마룻바닥에 앉아 있었어. 이따금 이 친구는 운동을 하려고 일어나더군. 때로 오지에서 근무하는 대리인 같은 어떤 환자를 태운 바퀴 달린 침대가 방 안으로 들어오면, 그 친구는 점잖게 귀찮다는 표시를 하더군. '이 병자의 앓는 소리는 내 주의를 산만하게 하거든요. 그렇지 않아도 이런 기후에서는 장부상 과오를 피하기가 어려워 죽을 지경인데' 하고 그 친구가 말하는 거야.

하루는 그 친구가 고개도 들지 않고 말하더군. '오지에 가시면 반드시 커츠 씨를 만나게 될 겁니다.' 그래서 커츠 씨가 누구냐고 물었더니 커츠 씨는 일급 대리인이라는 거야. 이런 정보를 듣고도 내가 덤덤히 있는 것을 보고는 이 친구는 펜을 내려놓고 천천히 말을 잇더군. '커츠 씨는 아주 비범한 인물입니다'라고 하기에, 잇단 질문을 던져 나는 커츠 씨라는 사람이 진짜 상아의 고장 제일 깊은 오지의 교역소를 관리하는 중대한 책임을 맡고 있다는 사실을 알게 되었어. 그 커츠 씨라는 사람은 '다른 모든 대리인들이 보내는 상아를 다 합친 것과 맞먹는 수량의 상아를 보내고 있습니다' 하고 그 친구가 말을 맺더군. 회계사는 다시 쓰기 시작하더군. 그 병든 환자는 너무 아파서 신음도 내지 못했어. 파리들만 태평세월을 구가하며 윙윙대고 있었어.

 갑자기 웅성거리는 소리가 커지더니 발소리가 요란하게 들리더군. 대상(隊商)이 한 무리 도착한 것이었어. 판자벽 밖에서 와자지껄하는 소리가 터져 나오더군. 모든 짐꾼들이 동시에 제각기 말을 하는 그 요란한 소음 속에서 그 오지에서 온 대상의 대표가 '그럼 포기하지요' 하고 20번이나 서럽게 말하는 소리가 들리더군……. 회계사가 천천히 몸을 일으켰어. 그러고는 '웬 난리법석인지 모르겠군' 하고 말했어. 그리고 나서 그는 점잖게 방을 건너가 아픈 사람을 들여다보고 돌아와서 나한테 '저 친구는 듣지도 못하는군요' 하고 말하더군. '뭐요? 죽었나요?' 하고 나는 놀라서 물었어. '아뇨, 아직은' 하고 회계사는 태연히 대답하더군. 그러더니 고갯짓으로 출장소 마당에서 벌어지는 아우성판을 가리키며 '정확하게 장부를 기입해야 할 때 저런 야만인들을 증오하게 됩니다. 죽도록 미워요' 하고 말하고 잠시 생각에 잠기더니 '커츠 씨를 만나시거든 여기서는 만사가 잘돼간다고 제가 말하더라고 전해주십시오' 하고 다시 말을 잇더군. 책상을 힐끗 쳐다보고는 '그분한테 편지를 쓰고 싶지 않아요. 우리 배달꾼들을 시켰다가는 그 오지의 총본부에서 누구 손에 편지가 들어갈지 알 수 없거든요' 하고 말했지. 그 친구는 온화하고 툭 튀어나온 눈으로 잠시 나를 응시하더니, '아, 그분은 출세하실 겁니다. 크게 출세하실 겁니다' 하고 다시 말을 시작하기를 '얼마 안 있어 그분은 행정부의 유력자가 되실 겁니다. 윗사람들, 유럽에 있는 이사회 말입니다만, 그분들은 커츠 씨를 출세시킬 의사가 있단 말입니다.' 회계사는 다시 일을 시작하더군. 밖에서 나던 소리가 그쳐서 나가려다가 나는 문간에 서고 말았어. 파리들이 줄기차게 윙윙거리는 가운데 고향으로 돌아가려는 병든 대리인은 상기된 얼굴을 한 채 정신을 잃은 상태였어. 한편 회계사는 장부 위에 몸을 굽히고 완전무결하게 정확한 거래를 정확하게 기록하고 있었고, 문지방에서 50피트 아래쪽에는 죽음의 숲, 조용히 흔들리지도 않는 나무들의 꼭대기들이 내 눈에 들어오더군.

다음 날 마침내 60명의 대상을 따라 나는 200마일의 강행군을 위해 출장소를 떠났어.

그 얘기를 자네들에게 자세히 할 필요는 없겠어. 도처에 작은 길이 뚫려 있더군. 그 작은 길들, 텅 빈 육지 위, 길게 자란 풀밭 속, 타버린 풀 사이, 잡목림 사이, 으스스한 협곡 아래위, 더위에 달아오른 돌산 위아래 밟아서 생긴 오솔길이 그물망처럼 퍼져 있더군. 그곳에 있는 것은 고적함뿐이었어. 사람도 없고 움집도 없는 고적함. 주민들은 오래전에 퇴거해버린 거지. 하긴 신비한 흑인들 무리가 무시무시한 여러 가지 무기로 무장하고 갑자기 딜과 그레이브젠드 사이의 길을 떠나기 시작해, 무거운 짐을 지게 하려고 도처에서 시골뜨기 흑인들을 잡아가는 일이 생기면 그 근처 농장이나 농가들이 순식간에 텅 비게 될 것은 뻔한 일이지 하는 생각이 들더군. 여기만은 사람 사는 집이 없더군. 나는 버려진 마을을 여러 개 통과했어.

돌담이 아니라 풀담이 망가져 폐허가 된 것에는 어딘지 측은할 정도로 천진한 데가 있더군. 날이면 날마다 내 뒤에는 60쌍의 맨발이 60파운드의 짐에 눌리며 걷고 있었어. 발을 질질 끌고 가는 형상이었어. 야영, 취사, 잠, 천막 거두기, 그리고 행군이 계속되었어. 이따금 길 가까이에 있는 무성한 풀밭에는 빈 물통과 긴 장대를 옆에 놓고 죽어 있는 짐꾼이 보였어. 그 주위와 그 위에 감도는 거창한 정적. 어떤 고요한 밤에는 먼 북소리의 진동이 가라앉았다, 부풀어 올랐다, 넓은 공간으로 거창하게 퍼졌다 희미해졌다 하는 것이 마치 기독교 국가의 종소리처럼 오묘한 의미를 품고 호소하듯 암시하듯 하는 불길한 소리, 사나운 소리가 들려오기도 했어. 한번은 단추를 풀어헤친 제복을 입은 백인 하나가 비쩍 마른 잔지바르 토인들에게 무장 호위를 받으며 길가에서 야영을 하더군. 그 백인은 인심이 좋았고 늘 명랑한 성격의 사나이였어. 취해 있는 것 같기도 했어. 도로 상태를 점검하고 있다고 선언하더군. 3마일쯤 더 갔을 때 내가 걸려 넘어질 뻔한 흑인 시체가 있었는데, 이마에 총구멍이 나 있는 그 시체를 치우지 않고 내버려두고, 그것을 영구적인 도로 보수 공사로 간주하면 모를까, 내 눈에는 어떤 도로도 보수 공사도 보이지 않았어. 내게는 또 하나의 백인 동행자가 있었어. 나쁜 친구는 아닌데 너무 살이 찐 데다가, 작은 그늘이나 마실 물과 여러 마일 떨어진 뙤약볕 언덕에 이르면 기절을 하는 버릇이 있어서 사람들을 화나게 만들었어. 내 겉저고리를 그의 얼굴 위에 파라솔처럼 펴 들고 그 친구가 정신이 들 때까지 기다린다는 것은 지겹기 짝이 없더군. 그래서 한번은 무엇하러 여기 왔느냐고 물었더니 '돈 벌러 왔지요. 그건 당연하지요. 무엇 때문이라고 생각하셨나요?' 하고 그 백인은 냉소조로 말하더군. 그 후 그 백인이 열병에 걸려, 장대에 매단 해먹에 태워 떠메고 가야 했어. 무게가 무려 100킬로그램이나 나갔기 때문에 짐꾼들하고 노상 옥신각신해야 했어. 그놈들이 꽁무니를 빼질 않나, 도망가질 않나, 밤이면 짐을 들고 달아나질 않나 대단한 반란이었어. 그래서 어느 날 저녁 내가 몸짓을 하며 연설을 했어. 내 앞에 있는 60쌍의 눈알은 몸짓 하나도 놓치지 않더군. 그래서 다음 날 아침 모두는 해먹을 선두에 세우고 출발했어. 그런데 한 시간 후 나는 만사가 덤불 속에서 좌초된 것을 알았어. 사람, 해먹, 신음, 담요, 끔찍한 모습 등 모두가 좌초된 것이었어. 큰 장대에 맞아 뚱뚱보의 불쌍한 콧등이 벗겨졌더군. 그 친구는 내가 누구를 죽여주기를 몹시 바랐지만, 근처에 짐꾼이라고는 그림자도 없었어. 난 전의 늙은 의사가 생각나더군. '그 고장에서 일어나는 개인의 심적 변화를 관찰하는 것은 과학상 흥미 있는 일일 거요'라고 한 의사의 말 말이야. 나 자신이 과학적으로 흥미 있는 대상이 되어간다는 느낌이 들더군. 하지만 다 아무 소용없는 일이야. 보름째 되던 날 나는 다시 큰 강이 보이는 곳까지 와서 중앙 출장소로 지척거리며 들어갔어. 물 위에 있는 출장소는 잡목들과 삼림에 둘러싸여 한쪽에는 냄새나는 진흙 울타리를 끼고 다른 산면은 울창한 골풀이 울타리처럼 에워싸고 있더군. 벌어진 틈새를 수리하지 않고 방치해서 그 틈새가 문이더군. 의지박약한 악마가 그곳을 경영한다는 것을 한눈에 알 수 있었어. 손에 긴 장대를 든 백인들이 건물 사이에서 나른한 자태로 나타나 나를 보려고 가까이 왔다가는 어디론지 사라지더군. 그중 한 사람은 건강하고 까만 코밑수염을 기른 덤벙대는 친구였는데, 내가 누구라고 말하자 너절한 수다를 길게 떨어가며 내가 맡게 될 증기선은 강바닥에 가라앉았다고 했어. 기가 막히더군. '뭐라고요? 어떻게? 아니, 왜?' 하고 물었더니 '아, 뭐, 괜찮습니다. 지배인이 있으니까요' 하고 말하더군. 모두 틀림이 없다면서 '각자가 모두 훌륭히 행동했어요' 하는 거였어. 그러면서 안절부절못하며 '당장 가셔서 총지배인을 만나셔야 합니다. 기다리고 계시니까요' 하고 말하더군.

나는 파선되었다는 말의 진짜 의미를 그때 당장은 알지 못했어. 지금은 아는 것도 같은데, 확실치 않군그래. 정말 확실치 않아. 지금 생각해볼 때 확실히 그 사건은 하도 어처구니가 없어서 도무지 있을 수 없는 일이었어. 그런데도…… 그 순간에는 그것이 다만 큰 골칫거리라고만 생각했어. 증기선은 가라앉아 있었어. 그보다 이틀 전에 사람들은 지배인과 함께 자원해서 나선 어떤 선장의 지휘하에 그 배를 타고 급작스럽게 서둘러 강을 거슬러 올라갔는데, 세 시간도 못 되어 바위에 부딪혀 선복이 깨져 남쪽 둑 근방에서 가라앉았다는 거였어. 이제 내 배가 없어졌으니 어찌하면 좋을까 하고 나는 자문해보았어. 사실 강에서 배를 끌어내자면 할 일이 태산 같았어.

바로 다음 날부터 일을 시작해야 했어. 그것을 끌어내고 부서진 조각을 출장소로 운반해와서 수선을 하느라 몇 달이 걸렸어.

지배인과 나의 첫 면담은 기묘한 것이었어. 그날 아침 나는 20마일이나 걸어온 뒤였지만 지배인은 앉으라고도 안 하는 거야. 안색, 용모, 태도, 음성은 모두 평범한 사람이더군. 키도 보통이고 몸집도 보통이었어. 보통 보는 푸른 눈이 좀 유별나게 냉정하더군. 그는 그런 시선으로 도끼처럼 예리하고 묵직하게 남을 내리치는 재주가 있더군. 하지만 그럴 때조차도 그의 다른 부분은 그의 의도를 은폐하고 있는 것 같았어. 그 밖에는 뭐라고 정의할 수 없는 희미한 입술 표정이 있을 뿐이었어. 은밀한 무엇, 그러니까 미소라고 할까…… 내 기억에 그건 미소가 아니야. 여하튼 말로는 설명할 수 없어. 그 미소는 그가 무슨 말을 한 다음 순간 뚜렷해지긴 했지만, 무의식적인 웃음이었어. 그것은 평범하기 이를 데 없는 그의 말뜻을 알아들을 수 없는 것으로 보이게 하기 위해 찍는 도장처럼 그의 말끝에 나타나곤 했어. 지배인은 그 지방에서 젊을 때부터 줄곧 고용되어온 장사꾼이었어. 그 이상 아무것도 아니었어. 그는 복종은 받았지만 사랑이나 공포심이나 존경심 같은 것은 불러일으키지 못했어. 불안감은 불러일으켰어. 맞아! 불안, 그거야. 뚜렷한 불신도 아니고 그저 불안감, 바로 그거야. 이런…… 이런…… 능력이 얼마나 효과적인 것이지 자네들은 잘 모를 거야. 그에게 조직력이나 창의성이나 질시를 만들어내는 재주가 있는 것도 아니었어. 그건 그 출장소의 형편없는 상태를 봐도 분명했어. 그는 학식도 없고 지능도 없었어. 그의 자리가 그에게 그냥 굴러들어온 거야. 왜냐고? 아마 그건 그가 한 번도 앓지 않았기 때문일 거야. 그는 거기서 3년 임기를 세 번이나 채웠다는 거야. 보통 사람의 체질로는 버텨내지 못하는 곳이기 때문에 자랑할 수 있는 건강 자체가 일종의 권력이었던 거야. 휴가차 귀국했을 때 그는 대단히 바람을 피웠다더군. 이것 보란 듯이 말이야. 겉보기만으로는 뭍에 오른 선원이었지만 다른 선원들과는 좀 달랐겠지. 이건 그가 무심코 하는 말에서 알 수 있었어. 그는 어떤 일도 창의적으로 시작하진 못했지만 판에 박은 일과는 해낼 수 있었어. 그뿐이야. 하지만 그는 위대했어. 그 인간을 어떻게 다뤄야 할지 알 수 없다는 그 사소한 일 때문에 그는 위대했던 거야. 그 비밀을 그는 절대로 드러내지 않았어. 어쩌면 그 사람 뱃속에는 아무것도 없었는지도 몰라. 이런 의심은 사람을 잠시 주춤하게 만들었어. 아프리카에 나오면 외적인 견제가 없으니까. 그 친구는 안팎으로 견제라는 게 없겠군 하는 생각을 했을 거야. 언젠가 열대 지방의 질병이 그 출장소에 속한 모든 대리인들을 쓰러뜨렸을 때 그는 이런 말을 했다는군. '이곳으로 오는 자들은 오장육부가 없어야 해.' 마치 이 말이 어둠으로 통하는 문이라도 되듯 그는 그 특유의 미소로 그 말에 봉인을 하는 것이었어. 무슨 의미가 있었던 것 같기도 하지만 봉인이 모두 막아버리고 말더군. 식사 때 백인들이 늘 상석을 가지고 다투는 데 화가 나서 그는 커다란 둥근 탁자를 만들라고 명령했다더군. 그 때문에 특별한 집을 지어야 했다는 거야. 이것이 출장소의 식당이야. 그가 앉은 자리가 제일 상석이고 나머지 자리는 아무것도 아니었어. 이것이 그의 불변의 신념이라는 것을 느낄 수 있더군. 그는 공손하지도 불손하지도 않았어. 도무지 말이 없었으니까. 그의 '사환'은 해변에서 온 뚱뚱한 젊은 흑인이었는데, 그의 눈앞에서 백인들을 괘씸할 정도로 건방진 태도로 취급해도 그는 두고만 보더군.

그는 나를 보자마자 이야기를 시작하더군. 내가 여기까지 여행하는 데 너무 오래 걸렸기 때문에 기다릴 수가 없어서 오기 전에 출발해야만 했다는 것, 상류에 있는 출장소에 교대 인원을 보내야 했다는 것, 이미 너무 여러 번 지체되어 내륙에서 누가 죽었는지, 누가 살았는지, 어떻게들 지내는지 알 수가 없다는 것 등등을 늘어놓더군. 나의 설명은 듣는 둥 마는 둥 밀랍 막대를 가지고 놀면서 '매우 중요합니다'라는 말만 연발하는 거였어. 중요한 출장소가 위험에 빠졌고 그 소장 커츠 씨가 병들었는데, 사실이 아니기를 바라지만 커츠 씨는 어쩌고저쩌고 하는 바람에 나는 지치고 짜증이 나더군. 제기랄, 그놈의 커츠 씨가 뭔데 하는 생각이 들더군. 나는 커츠 씨 이야기를 해안에서 들었다고 말하면서 그의 말을 채뜨렸어. '아! 사람들이 거기서도 그분 이야기를 하는군요' 하고 지배인은 혼자 중얼거리더군. 그리고 다시 커츠 씨는 자기가 데리고 있는 사람 중에서 제일 우수한 대리인이라느니, 특출한 사람이라느니, 회사에서 가장 중요한 인물이라느니, 그러니까 나도 자기 걱정을 이해할 수 있을 거라면서 다시 말을 시작하더군. '아무래도 마음이 놓이질 않아요'라고 하면서 정말 그는 의자 위에서 안절부절못하고 '아! 커츠 씨!' 하고 외치기까지 하다가 그만 밀랍 막대를 부러뜨리더니 자기도 놀라는 모양이었어. 다음으로 그는 '얼마나 걸려야 되는지……' 알고 싶다고 하기에 내가 또 한 번 그의 말을 가로막았어. 배도 고프고 계속 서 있으려니까 기분이 상해버렸거든. '어떻게 압니까? 가라앉은 배도 아직 보지 못했는데…… 그야, 여러 달 걸리겠지요.' 이런 이야기 모두가 극히 무의미하다는 생각이 들더군. '여러 달이라고요? 출발하기까지 석 달 걸린다고 해둡시다. 그 기간이면 일이 될 것 같습니다' 하고 그는 말하더군. 나는 그 오두막에서 뛰쳐나오면서 그에 대한 내 의견을 혼자 중얼거렸어. (그는 베란다가 달린 진흙으로 지은 오두막에서 혼자 살고 있었어.) 혼자 중얼거린 말은 '수다스런 백치 같으니!'였어. 나중에 그 작업에 소요될 시간을 그가 얼마나 놀랄 만큼 정확히 예상했는가를 알고는 아까 중얼거린 그에 대한 평가를 취소했지 뭐야.

다음 날 나는 그 출장소를 향해 등을 돌렸다고까지 말할 수 있게끔 내 일을 시작했어. 그렇게 해야만 우리 삶을 구원해주는 것들과 계속 유대를 유지할 수 있을 것 같았거든. 그래도 사람은 때로 사방을 둘러보기도 해야 되는 법이야. 나는 출장소를 바라보았어. 마당의 뙤약볕 속에서 아무 목표도 없이 거닐고 있는 사람들이 보이더군. 이게 다 뭐하는 짓들인가 하고 나는 때로 자문해보았어. 그 사람들은 손에 터무니없이 긴 장대를 들고 허물어진 울타리 안에서 귀신에 홀려 신앙심을 잃어버린 순례자들처럼 이리저리 헤매고 있는 거였어. '상아'라는 단어가 허공에서 울리며 속삭여지고 한숨을 자아내고 있었어. 사람들이 상아를 향해 기도를 올리고 있다는 생각이 들더군. 바보 같은 탐욕의 냄새가 시체에서 확 끼치는 냄새처럼 공중에 떠돌고 있었어. 젠장! 그처럼 현실감이 없는 것은 평생 본 적이 없었어. 그런데 그 마당 밖에는 지상에서 개간된 이 작은 지점을 포위하고 있는 고요한 야성적 자연이 이 인간들의 황당한 침략이 끝나기를 인내심 깊게 기다리는 위대하고 대항할 수 없이 강력한 어떤 실체처럼 느껴졌어. 악 아니면 진리인 것처럼 강력한 것으로 느껴지더군.

아, 그 몇 달이라는 기간! 아니, 신경들 쓰지 마. 많은 일이 일어났으니까. 어느 날 저녁이었어. 옥양목이니 면직물이니 구슬이니 그 밖에 알 수 없는 것들이 가득 쟁여 있던 초가집이 별안간 불을 뿜어내는 거였어. 지구가 빠개져 복수의 화염이 온갖 잡동사니를 태워버리는 것 같더군. 분해된 나의 증기선 곁에서 조용히 파이프 담배를 피우면서 불빛 속에서 사람들이 양팔을 높이 쳐들고 이리 뛰고 저리 뛰는 모습을 볼 수 있었어. 그때 콧수염을 기른 그 건장한 사나이가 양철 양동이를 들고 강 쪽으로 뛰어와서는 나더러 모두가 '훌륭하게 일하고 있어요. 훌륭하게'라며 한 바가지쯤 되는 물을 떠가지고 다시 부리나케 되돌아갔어. 양동이 밑바닥에는 구멍이 뚫려 있더군. 나는 슬슬 걸어 올라갔어. 서두를 필요가 없었어. 초가집 창고는 성냥갑처럼 타버렸으니까. 애당초 가망이 없는 일이었어. 불꽃은 높이 솟아올라 사람들을 뒤로 물러나게 하더니 모든 것을 불태워버리고 푹 꺼지고 말았어. 그 초가로 된 헛간은 이미 맹렬한 열을 발하는 시뻘건 숯 더미가 되어버렸더군. 근처에서 한 검둥이가 매를 맞고 있었지. 어찌어찌해서 그 녀석이 불을 냈다고들 했어. 그건 그렇다 치더라도 그 녀석의 비명은 지독하더군. 그 후 나는 그 녀석이 며칠 동안 몸이 몹시 불편한지 작은 그늘 속에 앉아 몸을 회복시키려고 애쓰는 모습을 보았어. 그 녀석은 그 후 일어나서 가버렸어. 야생의 정글이 소리 없이 그 녀석을 다시 품 안으로 받아들인 거지. 어둠에서 불 쪽으로 다가갔을 때 나는 이야기하고 있는 두 사나이의 뒤에 있게 되었어. 커츠라는 이름이 발음되는 것이 들리고, 다음에 '이 불운한 사고를 이용해야 돼' 하는 말이 들리더군. 그중 하나가 지배인이었어. 내가 그에게 저녁 인사를 했지. 지배인은 '이런 일을 본 적이 있습니까? 네? 이건 믿을 수가 없어요' 하고 말하더니 가버리더군. 또 한 사나이는 남아 있었어. 그는 일급 대리인이었어. 젊고 점잖고 말수가 적고 포크 모양 턱수염에 매부리코를 하고 있더군. 그는 다른 대리인들과 서먹한 관계였는데, 그 사람들은 이 젊은 친구가 자기들을 감시하는 지배인의 스파이라고 생각하고 있었어. 나는 어땠는가 하면 전에 이 사람과 말을 나눠본 적이 없는 상태였어. 우리는 이야기를 시작하면서 곧 그 시익시익 하는 소리가 나는 잿더미에서 조금씩 멀어져갔어. 그러자 그 친구는 출장소 본관에 있는 자기 방으로 나를 청하더군. 그가 성냥을 긋는 바람에 나는 이 젊은 귀족이 은장식이 달린 화장품 상자뿐만 아니라 초 한 자루를 혼자서만 쓰고 있다는 걸 알게 되었어. 그 당시에는 지배인만이 초를 가질 권리가 있는 유일한 사람이었는데 말이야. 토산품 돗자리가 흙벽을 덮고, 창 한 묶음과 가느다란 창과 방패와 칼 등이 기념품으로 걸려 있더군. 이 친구에게 맡겨진 일이란 벽돌을 만드는 일이라고 나는 보고받았거든. 그런데 출장소 어디를 보아도 벽돌이라곤 한 조각도 없더군. 그 친구는 그곳에 1년 이상 있었다는군. 기다리는 게 있었다나. 무엇인가가 없이는 벽돌을 만들 수 없었던 모양이야. 그 무언가가 무엇인지 나도 모르지만 말이야. 밀짚이었는지도 모르지. 어쨌든 그 무언가는 거기에 없었고 유럽에서 보내올 것 같지도 않았는데, 그가 정확히 무엇을 기다리는지 분명치 않더군. 무슨 특별한 창조 행위였는지도 모르지. 어쨌든 모두들 기다리고 있더군. 열여섯 내지 스무 명의 순례자들 모두가 무언가를 기다리고 있었어. 내가 보기엔 그들에게 찾아올 것은 질병밖에 없었지만 그들이 하는 꼴을 보아하니 기다리는 것이 그다지 불쾌한 일도 아닌 것 같았어. 그들은 어리석기 짝이 없이 서로를 헐뜯고 중상모략하면서 시간을 보내고 있었어. 출장소에는 음모의 분위기가 떠돌았지만 물론 일어난 일은 아무것도 없었어. 음모조차도 다른 모든 것처럼 비현실적인 것이었어. 인간애를 가장한 이 모든 일, 그들의 이야기, 그들의 지배, 그들의 쇼처럼 내보이는 작업처럼 다 비현실적이었어. 유일하게 현실적인 감정은 상아를 얻을 수 있는 무역 거점에 지명받아 할당금을 받겠다는 욕망뿐이었어. 단지 그 이유 때문에 서로 모함하고 중상하고 미워하는 것이었어. 그러나 막상 효율적으로 작은 손가락 하나를 까닥하며 들어 올리는 일 앞에서는 '아, 난 싫어요'였어. 원, 참! 세상에는 어떤 사람에게는 말 도둑질을 용서하면서, 어떤 사람에겐 고삐를 쳐다보는 것도 허용치 않는 묘한 데가 있는 법이야. '말을 당장 훔쳐! 잘했어. 해냈구먼. 타고 다니라고' 하고 말하기도 하지만 고삐를 바라보는 음흉한 눈빛은 아무리 자비로운 성자도 화나게 만든다니까.

나는 이 친구가 왜 그렇게 내게 상냥하게 구는지 알 수가 없었어. 그의 방에서 이야기를 나누는 동안, 문득 이 친구가 무엇인가를 알아내려 하는구나 하는 생각이 들더군. 그는 실은 나를 유도신문하고 있었던 거야. 유럽과 내가 거기서 알고 있을 거라고 생각되는 사람들에 대해 끊임없이 넌지시 이야기를 꺼내고 그 무덤 같은 도시에 있는, 내 인맥이 될 수 있는 사람들에 대한 질문을 던지더군. 그는 좀 거드름을 피워보려고 하면서도 그 작은 눈이 궁금증으로 마치 둥근 운모 조각처럼 번쩍였어. 처음에는 나도 놀랐지만 곧 그가 내게서 알아내려는 것이 무엇일까 하는 것이 궁금해지더군. 그가 알아낼 만한 가치가 있는 것이 내게 있으리라고는 도무지 상상도 되지 않았거든. 사실상 나는 쌀쌀맞게 대해주었고 내 머릿속에는 망가진 증기선을 고칠 생각밖에 없었기 때문에 그는 헛짚었던 거야. 그런 그의 모습을 보는 것이 나에겐 재미도 있었어. 틀림없이 나를 파렴치한 거짓말쟁이로 여겼을 거야. 마침내 그는 화를 내고 말더군. 그래서 울화가 복받치는 것을 감추려고 하품을 했지. 나는 자리에서 일어났어. 그때 벽 판자에 걸린 작은 유화 스케치를 보게 되었어. 천을 휘감고 눈을 가리고 타오르는 횃불을 들고 가는 여자를 그린 그림이었어. 배경은 어둡고 거의 검은 칠이었어. 그 여자의 동작은 장엄했고 얼굴에 비친 횃불의 효과는 불길했어.

그 그림은 나를 사로잡고 말았어. 그 친구는 (의학용으로 사용되기도 하는) 반 파인트들이 빈 샴페인 병에 초를 꽂은 채 들고 내 곁에 정중히 서 있더군. 내가 질문하자 그는 커츠 씨가 그렸다며 1년 남짓 전에 교역소로 갈 배를 기다리는 동안 이 출장소에서 그렸다고 말해줬어. '그런데 말입니다. 대체 이 커츠 씨란 누구입니까?' 하고 내가 물었어. '내륙 출장소의 소장입니다' 하고 그는 나한테서 눈을 돌리며 말하더군. '고맙습니다. 그러니까 형씨는 중앙 출장소의 벽돌 제조업자시고, 그건 누구나 아는 사실이지요?' 하고 내가 웃으며 말했어. 그 친구는 잠시 입을 다물었다가 말하더군. '커츠 씨는 비범한 사람이지요. 그는 연민과 학문과 발전과 그 밖에 셀 수 없이 많은 여러 가지를 전파하는 사도지요' 하고 말하더니 갑자기 열변을 토하더군. '우리에겐 유럽이 우리에게 맡긴 사업이 명분에 관한 지침, 말하자면 그 높은 지성과 폭넓은 동정심과 목적의 단일성이 필요합니다.' '누가 그런 말을 합디까?' 하고 내가 물었어. '여러 사람이 그러지요. 어떤 사람들은 그런 글도 쓰고 있어요. 특별한 사람인 커츠 씨가 여기 온 것입니다. 그 점은 댁도 아셔야 합니다.' '왜 내가 알아야 하지요?' 나는 정말로 놀라서 그의 말을 가로챘던 거야. 그 친구는 개의치 않더군. '그래요. 지금 커츠 씨는 제일 좋은 출장소의 소장이고 내년에는 부지배인이 될 것이고 2년만 더 있으면…… 하지만 2년 동안에 그가 무엇이 될지는 댁이 아실 겁니다. 댁은 배경이 든든한 세력, 덕망 있는 세력에 속하십니다. 커츠 씨를 특별히 보낸 사람들이 댁을 추천한 거니까요. 아, 아니라고 하진 마십시오. 내게는 믿을 만한 눈이 있거든요.' 어렴풋이 무언가 떠오르는 것이 있었어. 우리 아주머니의 유력한 친구들이 이 젊은 사람에게 엉뚱한 영향을 주고 있구나 하는 생각 말이야. 나는 웃음을 터뜨릴 뻔했어. '형씨는 회사의 극비 서신을 읽으시나요?' 하고 내가 물었지. 한마디도 못하더군. 재미있었어. 그래 '커츠 씨가 총지배인이 되면 그런 기밀 문서를 읽을 기회는 없을 겁니다' 하고 내가 심한 소리를 해주었어.

　그는 갑자기 촛불을 훅 불어 꺼버리더군. 그래서 우리는 밖으로 나왔어. 달이 떠 있더군. 검은 형상들이 기운 없이 왔다 갔다 하며 뻘건 불씨 위에 물을 퍼부었어. 물이 닿자 쉬익 하는 소리가 나고 달빛 속에 김이 오르고 어디선가 매 맞은 흑인의 신음이 들려왔어. '저 짐승이 왜 저렇게 시끄럽게 굴지!' 지칠 줄 모르는 콧수염 사나이가 우리들 가까이로 오면서 말하더군. '벌 받아야 싸지요. 범죄, 처벌. 쾅! 인정사정없이 패야 해요. 그 방법밖에는 없어요. 그래야 앞으로의 화재를 모두 방지할 수 있을 겁니다. 지배인보고도 방금 말했지만……' 그는 나의 동반자를 보더니 갑자기 기가 죽어버리더군. '아직 안 주무셨군요. 당연하지요. 하! 위험한 사고입니다. 게다가 선동이 있었으니.' 그는 비굴하게 능청을 떨며 말하더니 사라져버리더군. 나는 강가로 갔어. 상대방도 따라오더군. 그때 통렬하게 중얼거리는 소리가 내 귀에 들려왔어. '저런 병신들. 이런 망할!' 순례자들이 모여서 손짓 발짓 해가며 이야기하는 것이 보이더군. 여러 사람이 아직도 긴 장대를 들고 있었어. 정말이지, 그 장대는 잠자리에 들 때도 그냥 지니고 있는 모양이더군. 울타리 너머 달빛 속에 펼쳐진 숲은 유령처럼 서 있었고, 희미한 웅성거림, 출장소 마당에서 나는 어렴풋한 잡음 탓에 그 대륙의 침묵, 그 신비, 그 위대함, 숨겨진 생명의 놀라운 실체가 한층 더 가슴속 깊이 사무쳐 들어왔어. 가까운 곳 어딘가에서 다친 흑인이 앓는 소리를 가늘게 내다가 꺼지는 한숨을 내쉬는 바람에 나는 발길을 돌리고 말았어. 손 하나가 내 겨드랑이 밑으로 해서 나에게 가까이 다가오는 것을 느꼈어. '선장님' 하고 그 친구가 말하더군. '오해를 받고 싶진 않습니다. 특히 저보다 훨씬 먼저 커츠 씨를 만나실 선생님에게 오해를 받기 싫습니다. 커츠 씨가 제 본심을 잘못 알게 될까 봐 걱정이 돼서요……'

나는 그가 지껄이게 그대로 내비껴두었어. 그는 종이 인형 같은 악마 메피스토펠레스에 불과했으니까. 마음만 먹으면 내 집게손가락으로 이놈을 푹 찔러버릴 수도 있을 것 같았고 찔러봤자 그 속에는 약간의 푸석한 먼지밖엔 아무것도 있을 것 같지 않았어. 말해두는데, 그놈은 현 지배인 밑에서 차차 부지배인이 될 심산이었던 거야. 그런데 커츠 씨의 출현이 그 두 사람을 적잖이 당황케 한 거지. 이 친구는 계속 지껄여대더군. 나는 제지하려 들지도 않았어. 나는 경사면에 거대한 담수 동물의 시체처럼 끌어다 놓은 증기선 잔해에다 어깨를 기대고 있었어. 진흙 냄새, 원시의 진흙 냄새가 내 코를 찌르고 높은 원시림이 소리 없이 내 눈앞에 펼쳐져 있었어. 강물이 육지를 침식해 들어와 만든 웅덩이 위에는 번쩍이는 반점들이 있었어. 달은 모든 것 위에 엷은 은빛으로 도금을 하고 있었어. 무성한 잡초 위에, 진흙 위에, 사원의 담벽보다 높게 초목들이 뒤엉키며 이룩한 장벽 위에, 어두운 골짜기 사이로 소리 없이 폭넓게 흘러가며 번쩍번쩍 빛을 발하는 거대한 강 위를 한결같이 도금하고 있었어. 그 친구가 제 이야기를 주절대는 동안에도 이 삼라만상은 위대했고 무엇을 기다리며 말이 없었어. 우리 두 인간을 바라보는 이 광대무변한 얼굴에 나타난 고요함은 우리에게 무엇을 호소하는 것인지 아니면 위협하려는 것인지 알 수가 없었어. 이곳으로 흘러들어 온 우리는 도대체 어떤 존재인가? 우리가 이 말 없는 존재를 지배할 것인가, 아니면 그것이 우리를 지배할 것인가? 저 말도 못 하고 귀도 먹은 존재가 얼마나 큰지, 얼마나 엄청나게 큰 것인지를 나는 느졌어. 저 속에는 무엇이 있을까? 거기서부터 작은 상아가 나온다는 것은 나도 알고 있었어. 또한 커츠 씨가 그곳에 있다는 이야기도 들었어. 그런 이야기는 충분히 들었던 거야. 정말이지, 어찌 된 일인지 그런 이야기는 아무런 영상도 동반하지 않았어. 마치 천사나 악귀가 그 속에 있다는 말을 들은 거나 별 차이가 없었어. 어떤 인간들이 화성에 사람이 있다고 믿는 거나 같은 거야. 전에 나는 돛을 만드는 스코틀랜드인을 알고 있었는데, 그 사람은 화성에 사람이 있다는 것을 확신했어. 화성인은 어떻게 생기고 어떻게 행동하느냐고 물으면, 그 사람은 수줍어하면서 '네발로 걸어 다니지요'라는 뜻으로 무언가를 중얼거렸어. 사람들이 그 말에 웃기라도 하면 예순이 된 노인이었지만 싸우자고 대들었어. 나는 커츠 씨 때문에 싸움까지 할 정도는 아니었지만 그를 위해서 거짓말쯤은 할 용의가 되어 있었어. 알다시피 난 거짓말을 미워하고 증오하고 참지 못하는데, 그건 내가 남들보다 정직해서가 아니라 거짓말이 그냥 끔찍하기 때문이야. 거짓말에는 죽음의 흔적이, 죽음의 맛이 있거든. 내가 이 세상에서 미워하고 증오하는 것이고 내가 잊고 싶어 하는 것이야. 무슨 썩은 것을 깨물었을 때처럼 나를 괴롭히고 욕지기나게 만들어. 내 기질이겠지, 뭐. 난 이 젊은 멍텅구리가 유럽에서의 내 영향력을 멋대로 상상하고 믿으라고 내버려두는 것으로 거짓말에 가까운 짓을 한 것이었어. 순식간에 나도 그 홀린 순례자들 무리 못지않게 가장을 한 거야. 단순히 이렇게 하는 것만이 아직 내가 보지도 못한 커츠 씨에게 무슨 도움이 될 거라는 생각이 들었기 때문이야. 알겠어? 커츠는 그때 나에게는 한 개의 단어에 불과했어. 그런 이름의 사람을 자네들이 보지 못한 것처럼 나도 보지 못한 상태였어. 자네들, 그가 보이나? 그에 대한 이야기를 알아듣겠나? 뭐가 보이기나 해? 나는 자네들에게 꿈 이야기를 하는 것 같단 말이야. 헛된 노력을 하면서 말이야. 아무리 꿈 이야기를 해봤자 꿈의 기분을 전달할 수는 없는 거야. 부조리와 놀람의 혼합, 몸부림치며 벗어나려는 떨떨한 감정의 혼합, 믿을 수 없는 것에 붙잡혔다는 생각. 그런 것들이 바로 꿈의 본질인데……."

말로는 잠시 말을 끊었다.

"…… 맞아, 불가능해. 사람이 인생의 어느 일정한 기간에 느낀 생생한 기분을 전달한다는 것은 불가능해. 인생의 진리와 의미를 만들어내는 것, 미묘하고도 꿰뚫는 본질을 만들어내는 생생한 기분을 전달하기란 불가능한 일이야. 우리는 꿈꾸는 것처럼 인생을 살아가고 있어, 혼자서 말이야."

그는 생각에 잠긴 듯이 다시 멈추었다가 말을 이었다.

"물론 자네들은 이 이야기에서 당시의 나보다 많은 것을 알 수 있을 거야. 자네들이 알고 있는 나를 보고 있는 셈이지……."

사방은 칠흑처럼 어두워져서 말로의 말을 경청하는 우리들은 서로를 볼 수 없었다. 오래전부터 떨어져 앉아 있는 말로는 우리들에게 목소리 이외의 아무것도 아니었다. 아무도 말이 없었다. 다른 사람들은 잠이 들었는지도 모른다. 그러나 나는 깨어 있었다. 나는 귀를 기울이고 있었다. 귀를 기울이면서 템스강의 짙은 밤공기 속에서 사람의 입을 통하지 않고 저절로 생성된 것처럼 보이는 이 이야기가 던져주는 희미한 불안감을 풀어줄 단서가 될 어떤 문장이나 단어를 포착하려고 노력했다.

"그랬지. 난 그 녀석이 지껄이도록 내버려두었어."

말로는 다시 말을 시작했다.

"그리고 내 뒤를 봐주는 세력에 대해 멋대로 생각하라고 내버려두었어. 그냥 내버려두었다니까! 내 배후에는 아무것도 없었는데도 그랬던 거야. 그 녀석이 유창하게 '누구나 성공해야 할 필요성'에 대해 떠벌리는 동안, 내 배후엔 내가 기대고 서 있는 초라하고 낡고 부서진 증기선밖에는 없었어. '사람이 이곳으로 올 때에는 공연히 달이나 쳐다보러 오는 게 아니지'라고 말하더니 커츠 씨는 '만능 천재'였지만 천재라 하더라도 '적당한 도구, 즉 지능이 뛰어난 사람들'과 일하는 것이 더 편할 것이라고 지껄여대더군. 자기는 벽돌을 만들지 않았다는 거였어. 내 알다시피 그건 물리적으로 불가능하다는 거였어. 또한 자기가 지배인을 위해서 비서 노릇을 하는 것은 '현명한 사람이면 누구나 윗사람의 신용을 함부로 저버릴 수 없기 때문'이라고 하더군. '아시겠어요?' 하기에 알겠다고 말해주었어. 내게 더 필요한 게 뭐냐고 묻더군. 내게 정말 필요한 것은 못이라고 대답했어. 못 말이야. 일을 진행하려면, 그러니까 배의 구멍을 틀어막으려면 못이 필요했거든. 그런데 해안에는 못이 궤짝으로 있었어. 궤짝들이 산더미처럼 쌓여 있었어. 궤짝이 부서져 터져 나오고 쌔고 쌘 게 못이었어. 언덕배기 출장소 마당에서는 한 발짝 걸러 떨어진 못이 발에 차일 지경이었고, 죽음의 숲속까지 그 못들이 굴러 들어와 있었어. 허리를 굽혔다 하면 못으로 주머니를 채울 수 있을 정도였어. 그런데 막상 그것이 필요한 곳에는 한 개도 없더라 이 말이야. 쓸 만한 철판은 있었지만 그것을 박을 못이 없는 거야. 매주 흑인 배달부가 어깨에 우편 가방을 메고 손에는 장대를 들고 출장소를 떠나 해안으로 가긴 하더군. 또 일주일에 여러 번 해안에서 오는 대상이 상품을 싣고 들어오기도 했어. 소름 끼치도록 윤기가 흐르는 칼리코 무명, 한 쿼트에 한 푼쯤 하는 유리구슬, 혼란스럽게 점이 박힌 무명 손수건 등을 싣고 들어왔지. 그런데 못은 오지 않았어. 짐꾼 셋만 있으면 그 증기선을 띄우는 데 필요한 못을 너끈히 가져올 수 있었을 텐데도 말이야.

그 친구는 이제 속이야기까지 털어놓으려는 눈치였어. 하지만 나의 시큰둥한 태도에 화가 났던지, 자기는 어떤 인간은 말할 것도 없고 신이건 악마건 무서워하지 않는다는 말을 나한테 할 필요성을 느꼈던 모양이야. 그런 줄은 나도 잘 알겠는데, 내게 필요한 것은 얼마만큼의 못이라고 말해주었어. 그리고 커츠 씨도 이런 사정을 알기만 하면 그가 진정으로 원하는 것도 못일 거라고 말해주었어. 그런데 편지는 주일마다 해안으로 나가던데…… 하고 내가 말하기 시작하자, '선장님, 저는 편지를 받아 쓰기만 하는 처지입니다' 하고 소리치는 것이었어. 나는 못을 달라고 하면서 똑똑한 사람이면 방법이 있을 것 아니냐고 말했어. 그러나 그자는 태도를 바꾸더니 아주 쌀쌀해지면서 갑자기 하마 이야기를 시작했어. (나는 밤낮으로 내가 구출해낸 선박에 붙어 있었으니까 하는 말인데) '그 증기선에서 잘 때 하마 때문에 수면 방해를 받지 않았습니까' 하고 그 녀석은 나한테 묻는 것이었어. 밤이면 제방 위로 올라와 출장소 마당을 돌아다니는 버릇 나쁜 하마가 있다는 것, 순례자들이 한 떼가 되어 몰려나가서 닥치는 대로 총을 집어 들고 하마에게 총질했다는 것, 어떤 사람은 하마 때문에 밤을 새웠다는 것, 그러나 모든 것이 허사였다는 것이었어. '그놈은 불사신의 생명을 가졌어요. 그러나 이곳에서는 짐승만 그렇다고 말할 수 있어요. 사람은 아무도…… 아무도 불사신 같은 생명이 없어요' 하고 말을 맺었어. 그는 달빛 속에서 섬세한 매부리코를 약간 기울이고 돌비늘 같은 눈을 깜빡거리지도 않고 서 있더니 무뚝뚝하게 잘 자라고 인사를 던지고 가버리더군. 그 녀석이 불안해하고 많이 당황해하는 것을 감지할 수 있어서 나는 며칠 만에 처음으로 희망 같은 걸 좀 느꼈지 뭐야. 그 녀석에게서 물러나와 나의 힘 있는 친구, 그러니까 산산이 부서져서 뒤틀리고 망가진 초라한 증기선으로 가면서 내 마음은 흡족했어. 나는 배로 기어 올라갔지. 내 발밑에서 배는 도랑에서 발길에 차이는 빈 비스킷 깡통 같은 소리를 내더군. 배는 허약하기 그지없었고 모양도 예쁘지 않앉지만 그 배를 위해 많은 일을 해왔기 때문에 나는 그 배를 사랑하게 되었던 거야. 아무리 유력한 친구도 이 배보다 나에게 잘해주지는 못했을 거야. 그 배는 내가 세상에 나설 기회, 즉 내가 할 수 있는 일을 발견할 기회를 주었던 거야. 아니지, 나는 일을 좋아하는 인간이 아니야. 빈둥거리면서 할 수 있는 멋진 것들이나 생각하는 걸 더 좋아하는 인간이야. 나는 일을 좋아하지 않아. 그건 누구나 마찬가지지. 하지만 나는 일 속에 들어 있는 것들을 좋아하거든. 다시 말해 나 자신을 발견할 기회를 좋아한다는 말이야. 남에게 보여주는 것이 아니라 나 자신에게 보여줄 나의 참모습, 어느 누구도 알 수 없는 내 자신의 참모습을 발견할 기회가 일 속에 있는 것이니까. 남들은 겉만 볼 수 있을 뿐 그 보이는 것의 참뜻은 알 수 없는 거니까.

  누군가가 배의 후미 갑판에 앉아 진흙탕 위로 다리를 대롱대롱 흔들고 있는 모습을 보고도 나는 놀라지 않았어. 정말이지 나는 출장소에 있는 몇몇 직공들과 친해지는 것이 차라리 나았어. 다른 순례자들은 그 직공들을 버릇없는 놈들이라고 경멸하더군. 앉아 있는 사람은 직공들의 감독이었어. 직책은 보일러공이고 훌륭한 일꾼이었어. 홀쭉하게 여윈 데다 얼굴은 노랗고 크고 강렬한 눈을 가진 사나이였어. 외모는 근심에 싸인 것 같았고 머리에는 내 손바닥처럼 머리털이 하나도 없었어. 그렇지만 떨어져나가던 머리털이 턱에 가서 매달려 그 새로운 터전에서 번창한 것 같았어. 그래서 수염은 허리까지 내려와 있었어. 애가 여섯이나 있는 홀아비였지. (그곳에 나오려고 애들은 누이에게 맡겼다더군.) 그가 생활 속에서 열을 올리던 일은 비둘기 날리기였어. 그는 그 분야에 열정적인 전문가더군. 그래서 비둘기 이야기만 나오면 열변을 토해냈지. 근무 시간 후에 그는 때로 자식들이나 비둘기 이야기를 하러 자기 오두막에서 건너오기도 했어. 증기선 밑바닥 진흙탕을 기어야 할 때면 일부러 준비해 온 흰색 냅킨 같은 것으로 턱수염을 묶더군. 그 냅킨에는 고리가 달려 귀에 걸게 되어 있었어. 저녁이면 그가 둑에서 개울물에 조심조심 그 수염 싸개를 빨아서 말리려고 정중히 관목 위에 널어 펼치는 것이 보이더군.

나는 그 보일러공의 등을 탁 하고 치면서 소리쳤어. '못이 올 거요!' 그러자 그는 자기 귀를 믿을 수 없다는 듯이 고함을 치며 벌떡 일어나는 거야. '설마! 못이 올라고요?' 마치 내 말을 믿을 수 없다는 태도였어. 그런 다음 나지막한 소리로 '선장님께서…… 조치를 취하셨군요?' 하고 말하는 거였어. 왜 우리가 미친 사람들처럼 행동했는지 나도 모르겠어. 나는 코 가장자리에 손가락을 갖다 대고 수수께끼처럼 고개를 끄덕였어. '잘되었군요!' 하고 외치더니 그는 머리 위에서 손가락을 딸깍 소리가 나도록 마찰시키면서 한 발은 번쩍 드는 거야. 지그춤*을 추며 둘이서 철갑판 위를 마구 뛰어다녔어. 그 허술한 배의 몸통에서 요란한 딸까닥 소리가 울려나오자 강 건너편

---

* 아프리카 노인들이 추는 빠른 박자의 춤.

제방 위쪽으로 위치한 처녀림이 잠든 출장소 위로 천둥 같은 메아리를 돌려보내더군. 그 소리 때문에 몇몇 순례자들은 오두막 속에서 자다가 일어나 앉았을 거야. 검은 그림자 하나가 불이 켜진 지배인의 오두막 문간을 어둡게 하더니 사라지고 일이 초 후에는 문 자체도 보이지 않더군. 우리가 춤추던 발동작을 멈추자 구르는 발소리에 쫓겨갔던 정적이 육지의 깊은 속에서부터 다시 밀려오더군. 달빛 속에서 동작을 멈춘 무성하게 뒤엉킨 나무줄기들, 가지들, 잎사귀들, 잔가지들, 줄지어 핀 꽃들로 구성된 거대한 수림의 벽은 소리 없는 생명체의 난폭한 침략처럼 보였고, 쌓이고 또다시 첩첩이 쌓여 강 위로 솟았다가 강을 온통 뒤덮어버리면서 우리 작은 미물 같은 인간들 모두의 존재를 쓸어버리려고 몰려오는 식물의 물결처럼 보였어. 그런데 그 식물의 물결은 움직이지 않았어. 세차게 철썩이는 소리와 코를 고는 소리가 들리기는 했지만 거리가 멀어져 약화된 소리가 되어 들려왔는데, 무슨 어룡(魚龍)이 거대한 강에서 치장하려고 목욕하는 형상이었어. 보일러공이 조리 있는 말투로 입을 열더군. '결국 우리가 못을 손에 넣지 못할 이유가 뭔가요?' 하고 질문을 던지는 거야. 정말, 못을 갖지 못할 이유는 없었어. 정말 이건! 나도 못을 갖지 못할 이유를 알 수 없었어. 그래서 '3주 이내로 들어올 거요' 하고 나는 자신 있게 말했어.

그러나 못은 오지 않았어. 대신 온 것은 침략, 형벌, 재앙이었어. 그것은 3주에 걸쳐 몇 개의 대열을 짜서 들어왔고 각 대열은 새 옷과 갈색 구두로 멋을 부린 백인을 태운 당나귀가 선도했는데, 당나귀 등에 걸터앉은 백인들은 길 양쪽에 감탄하며 도열한 순례자들에게 인사하더군. 발병이 나서 마음이 토라진 흑인들 한 무리가 당나귀 뒤를 터덜터덜 따라왔어. 천막, 야영 의자, 양철 상자, 흰 궤짝, 갈색 가마니들이 마당에 내려지자 출장소의 혼란 위에서 신비한 기운이 좀 더 깊어지더군. 많은 여행 용품, 상점과 식료품 상점을 털어 황급히 도망친 듯한 이런 짐들이 다섯 차례나 오더군. 그 약탈을 하고 난 뒤 공평하게 분배하기 위해 그것들을 이곳 정글 속으로 끌어들였구나 하는 생각이 들더군. 물건 자체는 나무랄 데 없는 것들인데 그냥 뒤죽박죽이었어. 그런데 그런 물건을 바보처럼 다룰 줄을 몰라서 모두가 장물로 보였어.

이 헌신적인 무리는 자신들을 엘도라도 탐험대라고 불렀는데, 그들도 비밀을 엄수하겠다고 약속한 모양이더군. 그러나 그들의 말투는 야비한 약탈자들의 말투였어. 배짱도 없으면서 무모하고, 대담성도 없으면서 탐욕스러웠고, 용기도 없으면서 잔인하더군. 그들 전부를 통틀어 보아도 선견지명이나 진지한 의지는 눈곱만큼도 없었어. 이 세상에서 일을 하려면 그러한 덕목이 필요하다는 것도 모르는 것 같았어. 대지의 창자에서 금은보화를 찢어내는 일이 그들 욕망의 전부였어. 금고를 터는 강도처럼 그 욕망 뒤에는 도덕적 목적 같은 것은 추호도 없었어. 이 고매한 사업의 비용을 누가 냈는지 나는 모르지만, 그곳 지배인의 삼촌이 그 무리의 우두머리였어.

겉으로 보기에 그 우두머리는 빈민가의 푸줏간 주인 같았고 눈에는 졸린 듯 교활한 표정이 있었어. 뚱뚱한 배통을 의젓하게 짤막한 다리에 얹고 다니면서 자기 일당이 출장소에서 판을 치는 동안, 그는 조카인 지배인 외엔 아무하고도 말을 하지 않더군. 이 두 사람은 끝없는 이야기를 나누며 서로 머리를 맞대고 온종일 이리저리 배회했어.

나는 못 때문에 골치를 앓는 일은 포기해버렸어. 그런 바보짓을 할 수 있는 인간의 능력이란 생각보다 제한된 것이니까. 제기랄! 하고 한마디 뱉고는 내버려두었어. 생각에 잠길 시간은 얼마든지 있었기 때문에 나는 오다가다 커츠에 대해서도 생각해보곤 했어. 그 사람에 대해 큰 관심이 있었던 건 아니야. 아니고 말고. 그런데도 어떤 도덕적 이념으로 무장하고 그곳으로 나온 인물이 결국 최고의 자리에 올라가는지, 올라가면 일을 어떻게 할 것인지가 궁금했던 것은 사실이야."

2

"어느 날 저녁 내 증기선 갑판에 누워 있으려니 사람 말소리가 가까이 오는 것이 들리더군. 지배인인 조카와 삼촌이 강둑을 따라 거닐고 있었어. 다시 팔베개를 하고 잠드려는 순간 누군가가 마치 내 귓구멍에 대고 말하듯 말했어. '전 어린애처럼 악의가 없어요. 하지만 이래라저래라 명령받기는 싫어요. 제가 지배인 아닌가요? 그런데 그놈을 그리로 보내라는 명령을 받았다고요. 믿을 수 없는 일이에요.' 두 사람이 바로 내 머리 아래, 그러니까 증기선 앞쪽 강가에 서 있더군. 나는 움직이지 않았어. 움직일 생각이 나지 않았던 거야. 졸음이 나를 엄습하듯 쏟아지고 있었거든. '기분 나쁘게 되었군' 하고 삼촌이 투덜거리더군. 그러자 '자기 역량을 보이려고 행정부에다 그리 보내날라고 정한 거래요. 그래서 저는 그를 보내라는 명령을 받았던 거예요. 그놈이 가진 영향력을 생각해보세요, 끔찍하지 않아요?' 하고 조카가 말하더군. 두 사람은 다 끔찍하다는 데 동의하고 기괴한 말을 여러 마디 하더군. '제멋대로, 한 인간이, 이 사회를, 멋대로' 이런 터무니없는 말 조각들이 들려와 내 졸음을 완전히 날려버리는 것이었어. '기후가 너를 위해 이 장애물을 처리해줄지도 몰라. 그놈은 거기 혼자 있나?' 하고 삼촌이 묻더군. '네' 하고 지배인이 대답했지. '그놈은 조수에게 이런 편지를 들려서 강 하류로 내려보냈어요. 〈이 못난 녀석을 이 나라에서 내보내십시오. 이런 인간을 보내는 수고는 하지 마십시오. 귀하가 내게 맡길 수 있는 인간들을 떠맡느니 차라리 본인 혼자 있겠습니다〉가 편지 내용이었어요. 1년도 넘은 이야기지만요. 하지만 그런 건방진 일이 어디 있겠습니까?' 그러자 '그 후로는?' 하고 삼촌이 목쉰 소리로 묻더군. '상아가 왔어요!' 하고 조카가 내뱉더군. '태산같이 말입니다. 최상급으로요. 태산 같아요. 사람을 지독히 당황하게 하는 일이지 뭡니까. 다 그놈에게서 왔다니까요.' 그러자 '상아하고 또 뭐가 왔지?' 하고 그 무거운 쉰 목청이 다시 묻더군. '화물 명세서요'라는 대답이 나오더군. 말하자면 요란하게 터져 나오더군. 그런 다음 침묵이 흘렀어. 두 사람은 커츠 이야기를 하고 있던 거야.

 이때쯤에는 나도 잠이 완전히 달아난 상태였지만, 극히 편한 자세로 누워 있으면서 위치를 바꿀 필요가 없어서 움직이지도 않았어. '상아가 그 먼 길을 어떻게 왔나?' 하고 기분이 별로 좋지 않은 숙부가 투덜대듯 묻더군. 그 상아들이 커츠가 데리고 있던 영국인 혼혈아 서기가 지휘하는 카누 한 무리와 같이 왔다는 것과, 그 오지에 있는 커츠의 출장소에는 상품도 재고품도 떨어져서 커츠 자신도 분명히 이곳까지 올 작정이었다는 것, 그런데 300마일쯤 내려오다가 커츠는 갑자기 오지로 되돌아가기로 결심하고는 혼혈아만 상아를 싣고 이곳 하류로 내려보내고, 커츠는 뱃사공 넷을 데리고 작은 나룻배를 타고 오지로 되돌아갔다고 조카는 설명하더군. 그 조카와 숙부 두 사람은 그런 일을 시도한 사람이 누구건, 그 인물 때문에 놀란 것 같더군. 상아만 그냥 보내고 돌아간 동기를 알 길이 없었기 때문이지. 나는 어땠는가 하면, 처음으로 커츠라는 사람을 눈으로 보는 것 같았어. 선명하게 커츠의 모습이 떠오르더군. 나무 배, 노 젓는 토착민 네 명, 본부라든지 교대 휴가라든지 고향 생각 같은 것과 갑자기 등져버린 한 명의 백인, 황막한 밀림의 오지로, 텅 빈 황폐한 출장소로 돌아간 그 사나이가 내 의식의 스크린에 떠오르더군. 돌아간 동기는 나도 모르겠어. 그 사람은 일 자체를 위해 일하는 단순하고 좋은 친구였는지도 몰라. 그런데 그 조카와 숙부의 대화에서는 커츠의 이름은 단 한 번도 오르내리지 않았어. 그들은 커츠를 '그 인간'이라고 부르더군. 내 보기에 대단한 신중함과 담력으로 어려운 여행을 했던 그 혼혈아는 언제나 예외 없이 '그 악당'이라고 부르더군. '그 인간'이 몹시 앓았는데 아직 완치되지는 않았다고 '그 악낭'이 보고하더라는 것이었어……. 내 밑에 있던 그 조카와 숙부는 몇 발짝 멀어지더니 나와 약간 거리를 두고 왔다 갔다 서성대더군. '군사 우편, 의사, 200마일, 현재 완전히 혼자서, 피할 수 없는 지체, 9개월, 무소식, 이상한 소문' 이런 말들이 간간이 들려오더군. 그들은 내 쪽으로 가까이 오는가 싶더니 지배인 쪽에서 다시 시작했어. '내 보기엔 뜨내기 상인에 불과해요. 원주민한테서 상아를 강탈하는 악질적인 놈이지요' 하고 지배인이 말하더군. 저들이 지금 누구 이야기를 하는 걸까? 나는 궁금했어. 나는 언뜻 커츠의 지역에 있는 어떤 사람인데, 지배인이 못마땅하게 여기는 사람이구나 하고 짐작했어. '그놈들 중 하나가 본보기로 교수형을 당해야지, 그렇지 않으면 우리는 불공평한 경쟁을 면치 못할 거예요.' 지배인의 말이었어. '맞는 말이야' 하고 삼촌이 으르렁대더군. '놈을 달아매! 왜 못 해? 무슨 짓이건 이 땅에서는 할 수 있어. 내 말이 바로 그 말이야. 여기서는 말이야, 누구도 너의 지위를 위태롭게 하지 못해. 왜냐고? 넌 이 기후를 견뎌내거든. 놈들 누구보다 넌 오래 견딜 수 있거든. 위험은 유럽에 있어. 하지만 거긴 내가 떠나기 전에 대비를 해놔서……' 그들은 저편으로 움직이며 수군덕거리더니 다시 목소리가 올라갔어. '일이 여러 차례 지체된 것은 제 잘못이 아닙니다. 저는 할 수 있는 일은 다 했습니다.' 그러자 뚱뚱한 숙부가 한숨을 쉬며 '안됐군' 하더군. 그러자 조카는 말을 계속 했어. '그 말도 안 되는 수다는 어떻고요. 여기 있는 동안에 그놈은 저를 어지간히 괴롭혔어요.〈각 출장소는 항상 지향하는 길을 밝히는 횃불이 되어야 하고 물론 교역도 하지만 교화시키고 향상시키고 교육하는 센터 역할도 해야 합니다〉 하고 말해 사람 속을 얼마나 뒤집어놓았는지 몰라요. 생각해보세요 그 바보 같은 놈이! 그런데다 그놈이 본부장이 되려고 한다니까요! 안 되는 일이지요. 이런…….' 이 대목에서 그는 너무 분개해서 말문이 막혀버렸는데, 그때 나는 머리를 조금 들었어. 그들이 나와 얼마나 가까운 곳에 있는가를 깨닫고 난 깜짝 놀랐어. 바로 내 코밑에 있더라니까. 침을 뱉으면 그들 모자에 떨어질 판이었어. 그들은 생각에 잠긴 채 아래로 머리를 숙이고 있었어. 지배인은 가는 나뭇가지로 자기 다리에다 회초리질을 하더군. 총명한 그의 친척이 머리를 들고 묻더군. '이번에 여기 나온 뒤로 건강은 괜찮았나?' 조카는 깜짝 놀라며 '누구 말입니까? 저요? 아, 그야 최고지요, 아주 최고입니다. 그러나 나머지 다른 사람들은…… 원, 기가 막혀서……. 모두 병들었어요. 또 어찌나 빨리 죽는지 모르겠어요. 이 나라에서 내보낼 새도 없다고요. 이건 믿을 수가 없다니까요!' 하고 말을 마치는 거였어. '흠, 그런가?' 하고 삼촌이 웅얼댔어. '조카야, 이걸 믿어. 이걸 믿으란 말이야.' 이렇게 말을 반복하며 짧은 지느러미 같은 팔을 펼치는 것이 보였어. 그것은 숲, 강의 지류, 진흙탕, 강들을 모두 포괄하여 수용하는 몸짓이었고, 햇볕이 환히 와서 닿는 육지의 면전에서 그 음흉한 팔놀림으로 잠복한 죽음과 숨어 있는 악과 그 대지 심장부의 심오한 어둠을 향해 반란에 나서라고 책동하는 신호처럼 보이는 몸짓이었어. 밀림이 자기들의 범죄를 가려줄 것을 암시하는 이 동작에 나는 깜짝 놀라 일어나 숲 가장자리를 돌아보았어. 그 음흉한 속내를 드러내는 인간들의 의도에 숲이 어떤 반응을 할지 모른다고 기대했던 모양이야. 때로 바보 같은 생각이 우리에게 찾아든다는 거 알지? 우뚝 솟은 장엄한 숲의 자태는 아무 말 없이 불길한 인내심을 발휘하여 두 인간과 대면한 채 이 허황된 인간의 침략 행위가 지나가기를 기다리더군.

그 두 사람은 함께 큰 소리로 욕설을 퍼붓더니, 내가 있다는 것을 전혀 알지 못하는 것처럼 가장하며 출장소로 돌아갔어. 욕지거리를 한 것은 순전히 겁이 나서 그랬을 거야. 태양은 서쪽 하늘에 낮게 떠 있었어. 그 두 인간은 나란히 서서 언덕 위로 길이가 다른 우스꽝스러운 그림자 두 개를 힘겹게 끌고 올라가듯 앞으로 구부정한 자세로 걸어가더군. 그들의 그림자는 그들 뒤에 있는 키가 큰 풀섶 위로 풀잎 하나 구부러뜨리지 않고 끌려가듯 따라가더군.

며칠 후 엘도라도 원정대는 인내심이 강한 정글 속으로 들어갔는데, 그 정글은 바다가 뛰어든 잠수부를 집어삼키듯 원정대를 집어삼켰던 거야. 한참 후 당나귀들이 죄다 죽었다는 소식이 오더군. 당나귀만도 못한 짐승들의 말로가 어찌 되었는지는 나도 몰라. 의심할 것도 없이 그네들도 우리 모두처럼 분수에 맞는 운명을 만난 거겠지. 나는 더 알아보려고도 하지 않았어. 그때 나는 오히려 곧 커츠와 만나게 될 거라는 희망에 들떠 있었어. 내가 곧이라고 했는데 그건 상대적인 말이야. 커츠의 출장소 아래 위치한 둑에 우리가 도착한 것은 크리크를 떠난 지 꼭 두 달 만이었거든.

　강을 거슬러 올라가는 일은 마치 초목이 지구상에서 흥청거리며 주름잡고 큰 나무들이 왕 노릇을 하던 세상 초창기로 돌아가는 것 같았어. 텅 빈 강물, 거대한 침묵, 관통할 수 없는 숲 공기는 덥고 텁텁하고 무겁고 나른했어. 찬란한 햇살 속에도 기쁨이라곤 하나도 없었어. 인기척도 없고 길게 뻗은 수로가 그늘진 먼 어둠 속으로 흘러갔어. 은빛 모래사장에서는 하마와 악어들이 나란히 일광욕을 하고 있었어. 폭이 넓어진 강물은 나무가 우거진 많은 섬들 사이로 흘러가고 있었어. 그 강에서는 사막에서처럼 길을 잃기가 십상이고 온종일 수로를 찾느라 애를 쓰며 모래톱에 부딪히다 보면 마침내 자기가 무엇에 홀려서 전에 알던 모든 것에서 격리되었다는 생각이 들었어. 어디 머나먼 곳, 어쩌면 현세가 아닌 곳에 격리된 것 같았어. 한순간의 여유도 없는데 이따금 과거가 회상되는 때가 있더군. 그런데 그 과거는 어수선하고 시끄러운 꿈의 형태로 왔는데, 그 꿈 역시 초목과 물과 고요로 이루어진 낯선 세계의 압도적인 현실 속에서, 자고 일어났을 때 금세 머리에서 증발하지 않고 용케 기억에 남은 그러한 꿈이라고나 할까……. 또한 이 고요한 삶은 평화와는 전혀 닮은 데가 없었어. 알 수 없는 어떤 의도를 품고 있는 냉혹한 힘이 지키는 침묵이었어. 그 침묵은 복수심에 불타는 모습으로 우리를 바라보았지. 나중에는 나도 그 침묵에 익숙해졌고 더는 느끼지 못했어. 그런 것을 느낄 겨를이 없었던 거야. 나는 줄곧 육감으로 숨겨진 둑의 존재를 알아내야만 했어. 그러면서 수로를 찾아야 했지. 물밑에 가라앉아 있는 암석들도 경계해야 했고. 이 양철 조각 같은 증기선을 찢어버리고 순례자들을 죄다 익사케 할 수도 있는 교활하고 흉악한 암초를 아슬아슬하게 스쳐갈 때는 튀어나오려는 심장을 이를 악물고 막으려 단속을 해야 했어. 다음 날 증기 기관을 돌리려면 밤 시간을 이용해 잘라서 사용할 죽은 나무들을 찾아야 했어. 이런 일들, 즉 단순한 표면적인 일상사에 신경을 써야 할 때, 실재하는 실체, 정말이지 눈앞에 벌어지는 실체는 사라지더군. 내적 진실 말인데, 다행히도 내면의 진실은 숨겨지고 말더군. 다행이었어. 다행이야. 그러나 나는 그 내적 진실을 여전히 느끼고 있었어. 그 신비한 침묵이 하찮은 재주를 부리는 나를 응시한다는 느낌이 들었어. 마치 이건 그 진실의 침묵이 자네들 각자가 나름대로 재주를 부릴 때 가만히 직시하는 거나 마찬가지야. 재주, 그게 무엇이더라? 재주 한 번 넘으면 반 크라운씩 받는 재주 말이야."

"말조심해, 말로."

어떤 목소리가 투덜댔다. 나는 나 말고도 적어도 한 사람이 자지 않고 말로의 이야기를 듣고 있다는 것을 알았다.

"미안해. 용서해줘. 대가보다 더 바라는 것은 마음고생이란 것을 잊고 있었어. 사실 재주만 잘 부린다면 대가야 무슨 상관있겠나? 자네들은 지금도 재주를 잘 부리는 편이야. 나도 과히 재주를 엉망으로 부리진 않았어. 첫 번째 항해에서 그 증기선을 가라앉히진 않았으니까 하는 말이야. 지금 생각해도 경탄할 일이야. 가리개로 눈을 가린 사람이 험한 길로 짐차를 몰고 가게 되었다고 상상해 봐. 정말이지 나는 그 일에 무척 진땀도 빼고 떨기도 했어. 자기가 지휘하여 떠 있어야 할 배가 바닥을 긁혔다는 건 뱃사람에겐 용납될 수 없는 죄거든. 뱃사람 말고 누구도 그것을 알 수 없어. 하지만 그 쾅 하는 충돌음은 영원히 잊을 수 없는 거야. 짐작이 가나? 심장을 얻어맞는 기분이지. 그것을 기억하고 꿈에서 보고, 몇 년이 지나도 밤에 잠이 깨면 그 일을 생각하게 되고 온 몸이 더웠다 추웠다 하는 거지. 그 중 기선이 항상 떠 있었다고는 말하지 않겠어. 두어 번은 20명이나 되는 식인종이 철썩거리면서 밀고 가야 했으니까. 이 식인종들은 우리가 도중에 승무원으로 모집한 거야. 식인종, 좋은 놈들이었어. 같이 일할 수 있는 인간들이었지. 난 지금도 그들을 고맙게 여기고 있어. 그들은 내 눈 앞에서는 서로 잡아먹지 않더군. 하마 고기를 식량으로 가지고 왔는데, 그것이 썩어서 신비로운 야생의 땅이 코를 찌르는 악취를 풍기더군. 휴우! 지금도 그 냄새를 느낄 수 있어. 배에는 지배인과 장대를 든 순례자 서너 명을 태우고 갔어. 그러니까 모든 것을 다 갖춘 셈이었어. 때로 우리는 강둑에 바싹 붙여 지어놔서 마치 미지의 세계 가장자리에 결사적으로 매달린 것처럼 보이는 교역소를 발견하기도 했는데, 금방이라도 허물어질 것 같은 오두막에서 기쁨과 놀람과 환영의 몸짓을 요란하게 해 보이면서 달려 나오는 백인들은 정말이지 이상한 광경이었고, 마치 마법에 걸려 그곳에 포로로 잡혀 있는 듯한 모습이더군. '상아'라는 단어가 허공에서 잠시 울렸고, 우리는 적막 속에 곧게 펼쳐진 텅 빈 유역을 따라서 고요한 강 굽이를 돌아 구불구불한 뱃길 양편의 높은 수목의 벽을 지나 계속 나아갔고 배 후미의 추진용 외륜이 내는 육중한 소리는 철썩거리는 공허한 메아리가 되어 울려 퍼졌어. 나무, 나무, 몇백만 그루의 나무들이 거대한 덩어리가 되어 하늘 높이 솟아올랐고 발밑으로 물살에 대항하여 둑을 감싸 안으면서 우리의 작고 더러운 증기선은 높은 주랑 현관의 마룻바닥을 느릿느릿 기어가는 딱정벌레 같았어. 이런 상황으로 나는 작고 길 잃은 신세가 된 것처럼 느껴졌지만 그 느낌이 전적으로 낙담을 안겨주는 것은 아니었어. 작지만 그 검은 딱정벌레는 꾸준히 기어갔으니까. 그것이 바로 우리가 그 딱정벌레에게 기대한 일이었으니까. 순례자들은 그것이 어디로 기어 가리라 상상했는지는 난 모르겠어. 무엇을 얻을 수 있을 거라고 기대되는 곳으로 가고 있다고들 상상했겠지. 그러나 나는 그 딱정벌레가 전적으로 커츠를 향해 기어간다고 생각했어. 그런데 증기 파이프가 새기 시작하는 통에 우리는 아주 느리게 기어갔어. 굽이치는 강이 우리 앞에서 열렸다가 뒤에서 닫혀버리는 것이 마치 숲이 우리가 돌아갈 길을 막으려고 물을 가로질러 넌지시 걸어 들어오는 것 같았어. 우리는 어둠의 심장부 속으로 점점 더 깊이 파고들었어. 그곳은 극히 조용하더군. 밤이면 이따금 나무 장막 뒤에서 둥둥 하고 울리는 북소리가 강을 따라 올라가 새벽까지 우리 머리 위에 높이 펼쳐진 허공에서 맴도는 것처럼 은은하게 울림을 계속했어. 그 북소리가 전쟁을 뜻하는지 평화를 뜻하는지 기도를 뜻하는지 알 도리가 없었어. 선뜻한 고요함이 새벽이 오고 있다고 알려주면 나무하러 갔던 일꾼들이 기관실 불꽃을 낮추고 잠을 청하더군. 잔가지가 타면서 내는 탁탁 하는 소리는 우리를 깜짝깜짝 놀라게 했지. 우리는 선사 시대의 땅, 미지의 혹성을 닮은 어떤 천체 위를 헤매는 방랑자들이었어. 우리는 깊은 고뇌와 고통스러운 땀을 대가로 치러야 하는 것도 모르고 저주받은 유산을 움켜잡는 최초의 인간들이라고 우리 자신을 상상해볼 수도 있었어. 그러나 강의 한 굽이를 겨우 돌아 나왔을 때 골풀로 엮은 담들, 뾰족한 초가지붕, 터져 나오는 고함 소리, 휘두르는 검은 팔다리들, 손뼉 치는 무수한 손들, 쿵쿵거리며 구르는 발들, 흔들리는 몸통들, 휘둥그레진 눈알들이 얼핏 보이는 것이었어. 검고 불가사의한 이 흥분의 가장자리를 나의 증기선은 천천히 힘겹게 나아갔어. 이 선사 시대 인간들이 우리를 저주하는지, 우리를 보고 기도하는지, 우리를 환영하는지 누가 알 수 있었겠느냔 말이야. 우리는 우리를 둘러싼 주변 환경을 전혀 이해할 수 없었어. 우리는 그냥 유령처럼 미끄러져 가며 성한 사람이 정신 병원에서 일어나는 요란한 발작을 보았을 때처럼 어리둥절해서 은근히 겁을 먹었어. 우리가 그때 처한 환경을 이해하지 못한 것은, 우리는 공간적으로 너무 멀리 떨어져 있는 존재였고, 기억할 능력도 없고 아무 표시도, 기억할 내용도 남기지 않고 기버린 시대들, 즉 원초

적 시대의 밤 속을 여행하고 있었기 때문이야.

거기에 펼쳐진 대지는 지구에 속한 것 같지 않았어. 우리는 정복당해 사슬에 얽매인 괴물의 모습을 보는 것에는 익숙해 있거든. 그런데 거기서는 족쇄에 채워지지 않은 괴물을 볼 수 있었어. 그것은 이 지구에 속한 것이 아니었으며 그곳에 있는 인간들, 그렇지, 그들을 인간이라고 할 수는 없었어. 그게 제일 골치 아픈 일이었어. 그들도 어쩌면 인간일지도 모른다는 께끄름한 생각 말이야. 시간이 지나면서 서서히 명확해지더군. 그들은 소리소리 지르고 펄쩍펄쩍 뛰어오르고 빙빙 몸을 회전시키고 무시무시한 인상을 쓰곤 했는데, 우리를 소름 끼치게 하는 것은 그들도 혹시 인간이 아닐까 하는 생각이었어. 이 야성적인 격렬한 소란이 우리와 먼 인척 관계가 있다는 생각, 이것이 나를 오싹하게 하더란 말이야. 추했어. 그래, 추하기 짝이 없었어. 그러나 우리가 사내대장부라면 지독히 솔직한 그 시끄러운 소리에 지극히 미약한 어떤 호응하는 반응이 우리 내부에서도 일어나고 있었다고 시인할 거야. 태초의 밤에서 멀리 떨어져 있는 우리지만, 우리가 이해할 수 있는 의미가 그 소음 속에 깃들어 있다는 생각이 어렴풋이 우리 속으로 밀려왔다는 것을 인정해야 했어. 인정하지 못할 무슨 이유라도 있나? 인간의 마음은 무엇이든 가능한 것이야. 왜냐하면 인간의 마음속에는 미래와 마찬가지로 과거를 포함한 모든 것이 담겨 있으니까. 그 소리 속에 담긴 것이 결국 무엇이었을까? 기쁨, 두려움, 헌신, 용맹, 분노 등이 그 소리 속에 있는

지 누가 알아? 그러나 진실이 있었어. 세월의 겉옷을 벗어버릴 적나라한 진실 말이야. 바보들은 입을 딱 벌리고 몸서리치겠지. 하지만 사내대장부라면 다 알고 눈 하나 까딱하지 않고 바라볼 수 있는 모습들이야. 그러나 그런 사내대장부도 적어도 저편 숲가에 있는 자들만큼 남자라는 것을 보여줘야 하는 거야. 사내대장부라면 알몸으로 자기가 가지고 태어난 힘만으로 그 진실과 대면해야 하는 거야. 어디는 가려야 한다는 원칙도 없었던 거냐고? 거기서는 원칙 같은 건 통하지 않아. 교양, 의복, 예쁜 천 조각도 필요 없어. 한번 휘두르면 날아가버릴 헝겊 조각으로는 아무것도 되지 않아. 안 되고말고. 그 상황에서는 억지로라도 믿어주는 자세가 필요한 거야. 그 악마 같은 소동에 나를 끌어당기는 것이 있었냐고? 그래. 나는 지금도 그 소음이 들리고 그 호소력을 인정해. 좋건 나쁘건 지금 하는 내 말 막지들 마. 물론 바보는 겁이 많고 섬세한 감정으로 늘 안전한 법이지. 지금 내가 하는 말에 투덜대는 게 누구야? 내가 고함을 지르며 춤을 추러 육지에 올라가지 않은 게 이상하다 이거야? 글쎄. 맞아. 나는 육지에 오르지 않았어. 섬세한 감정, 엿이나 먹으라지! 나에겐 시간이 없었어. 하얀 납이나 모포 조각으로 새고 있는 증기 파이프를 싸매느라 허둥대야 했거든. 그건 정말이야. 방향타를 조정해야 했고, 그놈의 암초들을 비켜가며 양철통 같은 배를 어떻게든 끌고 가야 했으니 말이야. 이런 작업에는 현명한 사람을 구해주는 그럴듯한 구실이 있었던 거야. 또한 사이사이에 토착민 중에서 뽑은 화부를 살펴야 했지. 그 화부는 개화된 토착민이었어. 그 토착민은 수직 보일러에 불을 지필 줄을 알았어. 그 녀석은 내 밑에서 일했는데, 그 녀석을 보는 것은 반바지에 깃털 모자를 쓴 개가 뒷발로 서서 걷는 것을 보는 것만큼 교훈적인 데가 있었어. 몇 달 훈련을 받더니 그렇게 훌륭한 일꾼이 되었던 거야. 눈을 가늘게 뜨고 증기 계기판과 수량 계기판을 곁눈질로 보았는데, 억지로 용감한 체하는 것이 역력했어. 녀석은 줄로 간 이빨과 괴상한 무늬가 되게끔 면도질한 모발을 하고 양쪽 뺨에는 세 개씩 장식이 되게끔 낸 흉터가 있었어. 둑 위에서 손뼉을 치고 발을 굴러야 마땅한데, 그런 짓을 하는 대신 신기한 마술의 노예가 되고 개화된 지식에 가득 찬 채 열심히 일이나 하고 있었던 거지. 녀석은 교육을 받아서 쓸모가 있었거든. 그런데 녀석이 아는 것은 그 투명한 것 속에서 물이 없어지면 보일러의 악귀가 목이 몹시 말라 화가 나서 무서운 보복을 한다는 것이었어. 그래서 녀석은 땀을 뻘뻘 흘리면서 불을 쳐 지르고는 겁에 질려 유리 기계를 바라보았어. (임시 부적으로 헝겊 조각을 팔에다 매고 시계만 한 크기로 매끈하게 간 뼛조각을 아랫입술에다 가로질러 꽂고 말이야.) 그러는 동안 나무가 무성한 강둑이 천천히 미끄러지듯 우리 곁을 지나가고, 잠시 들려오던 소음이 뒤로 멀어지면, 셀 수도 없는 여러 마일이 지나도록 정적이 온 누리를 지배했어. 그렇게 우리는 커츠에게 점점 다가갔어. 그러나 암초는 빽빽이 들어차 있었고 물은 위험하리만큼 수심이 얕았고, 보일러는 그 속에 정말로 심술궂은 귀신이 들어 있는 것 같아서 화부와 나는 소름 끼치는 생각을 할 시간적 여유도 없었어.

내륙 출장소에서 약 50마일쯤 떨어진 곳에서 우리는 갈대로 만든 오두막과 무슨 깃대였는지 알아볼 수 없이 갈가리 찢어진 누더기 천을 달고 비스듬히 선 초라한 장대와 정연하게 쌓아올린 장작더미를 만났어. 이것은 예상 밖의 일이었어. 둑으로 갔을 때 장작더미 위에 지워져가는 연필 글씨로 써놓은 나무판자 조각이 있더군. 판독을 해보니까 '당신에게 드리는 장작입니다. 서두르세요. 조심해서 접근 요망'이라고 쓰여 있었어. 서명이 있었는데 알아볼 수가 없더군. 커츠는 아니고 그보다 훨씬 긴 이름이었어. 서두르라니, 어디로 오라는 거지? 강을 올라가란 말인가? '조심해서 접근'이라니 원! 우리는 이제껏 조심해서 접근하지 않았단 말이지! 그런데 그 경고는 접근한 다음에야 찾을 수 있는 장소에 대한 경고일 리 만무했어. 잘못된 무언가가 상류에 있었던 거지. 하지만 그것이 무엇인지 또 어느 정도인지가 문제였어. 우리는 전보문 형식으로 된 그 바보 같은 글을 비웃었어. 주위 덤불숲은 말이 없었고 먼 안쪽은 들여다볼 수도 없었어. 찢어진 붉은색 능직 커튼이 오두막 문에 걸려 있었는데, 우리 앞에서 슬픈 듯이 펄럭이더군. 그 오두막은 헐었지만 얼마 전까지 백인이 살았다는 것을 알 수 있겠더군. 조잡하게 짠 책상, 그러니까 두 개의 다리에 판자를 붙인 것이 남아 있었고 수북이 쌓인 쓰레기 더미가 어두운 구석에 그대로 남아 있더군. 그런데 문 옆에서 나는 책 한 권을 집어 올렸어. 겉장은 없어지고 책장들은 하도 손을 타서 지독히 너덜거리는 상태였어. 그런데 뒷장은 하얀 무명실로 정성껏 새로 꿰매어져 있어서 아직 깨끗하게 보였어. 굉장한 발견이었어. 책의 제목은 《몇 가지 항해술에 관한 연구》였는데, 타우저인지 타운슨인지 뭐 그런 이름을 가진 영국 해군 함장이 쓴 것이었어. 내용은 설명용 도표 외에 지겨운 숫자 표시가 있는 보기에도 지루한 것이고 출판된 지 60년이나 된 책이었어. 나는 이 놀라운 고물을 최대한 조심스럽게 다루었어. 선박의 닻줄과 활차 장치의 힘의 한계 등을 다룬, 타우슨인지 타우저인지 하는 인물의 진지한 연구였어. 읽는 사람을 푹 빠지게 하는 책은 아니었지. 그러나 첫눈에도 뚜렷한 의도와 일을 처리하는 정당한 방법에 대한 정직한 관심을 엿볼 수 있었어. 여러 해 전에 이룩한 것이지만 전문적이라기보다 다른 관점이 번뜩이는 책이었지. 닻줄과 도르래에 관한 이 소박한 늙은이의 이야기 덕분에 나는 정말 진실된 무엇을 만났다는 반가운 감격에 젖어 정글이나 순례자들을 그만 잊어버리고 말았어. 이런 책이 거기에 있다는 것은 참으로 놀라운 일이었어. 하지만 더 놀라운 것은 책 가장자리에 연필로 적은 주석이었어. 분명히 원문과 관련된 주석이었단 말이야. 나는 내 눈을 믿을 수가 없었어! 그것들이 부호로 되어 있었다고! 그래, 부호로 보였어. 어떤 인간이 이런 곳으로 이런 책을 끌고 와서 공부를 하고…… 주석을 달았는데 그것도 부호로 달았다는 사실을 상상해봐! 황당한 수수께끼였어.

나는 얼마 전부터 신경을 거슬리는 소리가 나는 것을 어렴풋이 감지하고 있었어. 눈을 들었을 때 장작더미가 없어지고 지배인이 순례자들과 합세하여 강가에서 나에게 고함치는 것이 보였어. 나는 책을 호주머니에 넣었어. 정말이지 그 책을 읽다가 마는 내 행위가 마치 안식처와 같이 변함없는 옛 친구와의 우정을 저버리는 느낌이었어.

나는 앞쪽에 있는 시원치 않은 엔진에 시동을 걸었어. '그 비열한 상인 놈이 틀림없어요. 그 망할 놈!' 하고 지배인은 방금 떠나온 곳을 악의에 차서 돌아보며 소리를 지르더군. '그 사람은 영국인일 겁니다' 하고 내가 말했더니 '조심하지 않으면 그놈은 험한 꼴을 당할 거요!' 하고 지배인이 중얼거리더군. 나는 시치미를 떼고 이 세상에서는 누구나 험한 꼴을 당할 수 있는 거라고 말해주었어.

이제 물살이 더 빨라져서 증기선은 후미의 외륜이 나른하게 파닥이는 가운데 마지막 숨이 꼴깍 넘어갈 것만 같더군. 나는 배의 다음 고동 소리가 그치면 어찌 하나 생각하며 귀를 곤두세웠고 그 한심한 고물딱지는 어느 순간이고 멈출 것 같았어. 마치 생명의 불꽃이 마지막으로 껌뻑이는 모습을 보는 심정이었어. 그러나 배는 여전히 엉금엉금 기어가더군. 때로 나는 전방의 나무 하나를 점찍어두고 그것을 기준 삼아 우리가 커츠에게 얼마나 더 가까이 가고 있는지 알아보려 했지만 그 지점에 도달하기도 전에 늘 그 기준점을 잃어버리곤 했이. 하나의 목표물을 그렇게 오래 바라본다는 것은 사람의 인내심으로는 감당할 수 없는 일이었어. 지배인이 발휘하는 체념은 대단했어. 나는 안절부절못하면서 과연 내가 커츠와 터놓고 이야기하게 될지 말지를 두고 내심 혼자 갈등을 빚었어. 그러나 어떤 결론에 도달하기 전에 이런 생각이 떠오르더군. 다시 말해 내가 말을 하든 침묵을 지키든 무슨 행동을 하든, 그것이 결국은 다 부질없는 짓일 거라는 생각이 든 거야. 누가 무엇을 알건 모르건 무슨 상관있는가 하는 생각이었지. 누가 지배인이건 그게 나와 무슨 상관이 있는가 하는 생각이 들더군. 사람은 때로 이런 순간적 통찰력을 갖게 되는 법이야. 이 사건의 본질은 표면의 밑, 저 깊은 곳, 내 손이 미치지 못하는 곳, 내가 간섭할 힘이 없는 곳에 놓여 있었던 거야.

　이틀째 되던 날 저녁 무렵, 우리는 커츠의 출장소에서 8마일 떨어진 곳에 와 있다고 판단했어. 나는 그대로 전진하기를 원했지만 지배인은 심각한 표정을 짓더니 강을 더 올라가는 길은 몹시 위험하며 해도 이미 많이 기울었으니 다음 날 아침까지 그냥 지금 있는 자리에서 기다리는 것이 좋겠다고 말했어. 더군다나 조심해서 접근하라는 경고를 따르기로 한다면 침침한 시간이나 어두운 시간이 아니라 대낮에 접근해야 한다는 점을 지적하더군. 타당성 있는 말이었어. 8마일이라면 우리 기선으로 거의 3시간은 가야 하는 거리였고 게다가 상류 저쪽 끝에는 의심스러운 잔물결이 있는 것이 보였어. 그러나 나는 이 지체에 대해 말도 할 수 없이 화가 나 있었어. 실은 터무니없이 화가 난 거지. 여러 달을 지체한 끝이니 하룻밤 지체는 아무 상관없는 일인데도 말이야. 장작은 넉넉하고 조심하라는 말도 들었기 때문에 나는 강 한가운데에 배를 세웠어. 그곳 강물은 폭이 좁고 곧았으며 양편은 철로길 둑처럼 높았어. 해가 지기 훨씬 전부터 어둠이 강으로 미끄러지듯 들어오더군. 물살은 매끈하고 빠르게 흘렀지만 강 양쪽 기슭에는 아무런 움직임도 없이 정적이 흘렀어. 살아 있는 나무들은 기어오르는 넝쿨 식물과 밑에서 자라는 모든 살아 있는 덤불과 엉킨 채 가느다란 끝가지와 가장 가벼운 이파리까지 돌로 변해버릴 것 같았어. 이건 모두 잠든 게 아니라 최면 상태에 빠진 것처럼 부자연스러웠어. 아무 소리도 들려오지 않았어. 우리는 그냥 놀라서 그 숲을 바라보았는데, 우리 귀가 먹은 게 아닌가 하는 의심이 들기 시작했어. 그러자 밤이 갑자기 찾아와서 우리를 장님으로 만드는 것이었어. 새벽 3시경이었을까, 큰 물고기 한 마리가 뛰어올라 첨벙 하는 소리에 나는 그만 총이 발사된 것처럼 깜짝 놀랐지 뭐야. 해가 떴을 때 하얀 안개가 무겁고 끈끈하게 우리를 감싸는 통에 밤보다 더 앞이 안 보였어. 안개는 움직이지도 않고 올라가지도 않더군. 그건 무슨 고체처럼 사방에서 우리를 에워싸고서 있었어. 아마 8시나 9시 정도 되었을까, 안개는 마치 덧문이 올라가듯 걷히더군. 그 순간 우뚝 솟은 나무들, 다시 말해 거대한 매트로 덮인 듯한 정글이 우리의 시야에 들어오고, 그 위로 활활 타는 작은 공 같은 태양이 걸려 있더군. 사방은 완전한 정적으로 채워져 있었이. 다음 순간 올라갔던 하얀 덧문이 기름칠이 질된 홈 속으로 미끄러져 들어오듯 안개가 다시 천천히 내려오더군. 나는 끌어들이기 시작한 사슬을 풀어내리라고 명령했어. 닻에 달린 쇠사슬이 둔탁한 마찰 소리를 내며 바닥에 닿기 전 내는 소리가 멈추기도 전에 매우 큰 외침, 마치 무한한 쓸쓸함을 담은 소리 같은 외침이 흐릿한 대기 속으로 천천히 솟아올랐어. 그 외침이 그치더군. 야만적인 불협화음으로 변한 불평하는 듯한 아우성이 우리의 귀를 채웠어. 전혀 예기치 못한 일이어서 모자 밑에 있던 내 머리카락이 곤두서더군. 다른 사람들에겐 어떻게 들렸는지 모르지만 내게는 마치 안개 자체가 별안간 소리를 지른 것처럼 느껴졌어. 그것도 사방에서 동시에 이 소란스럽고 서글픈 외침이 일어나는 것 같았어. 그 소리는 견디기 힘든 찢어지는 외침으로 갑작스레 터지더니 그냥 뚝 그쳤어. 우린 온갖 우스꽝스러운 자세로 굳어진 채 그 소음만큼 끔찍하게 심각한 고요함에 귀를 기울이고 말았어. '맙소사! 무슨 소리야?' 순례자 하나가 내 바로 옆에서 더듬거리며 말하더군. 모랫빛 머리에 붉은 콧수염의 뚱뚱한 사나이였는데 옆에 장식이 달린 장화를 신고 분홍색 잠옷 가랑이를 양말 속에 찔러 넣은 녀석이었어. 다른 사람은 1분 동안 입을 딱 벌린 채 있다가 선실에 뛰어 들어갔다가 어쩔 줄 모르고 되돌아와 윈체스터 총을 겨누고 겁에 질린 눈초리로 그 소리 난 곳을 쏘아보며 서 있었어. 보이는 것이라고는 윤곽이 지워져 희미해진 우리의 증기선과 안개로 2미터 정도의 폭으로밖엔 보이지 않는 한 줄기 강물이었어. 다만 그것이 전부였어. 눈과 귀로 보고 듣는 한 이 세상 전부는 존재하지 않았어. 아무 곳에도 존재하지 않았어. 모두가 없어지고 사라져 속삭임 하나, 그림자 하나 남기지 않고 쓸려간 것 같았어.

나는 앞쪽으로 가서 필요하면 곧 닻을 올리고 배를 움직일 수 있게끔 사슬을 끌어올리라고 명령했어. '저들이 공격해 올까?' 하고 어떤 겁을 먹은 목소리가 속삭이더군. '우린 모두 이 안개 속에서 학살당할 거야' 하고 또 하나의 음성이 속삭였고. 얼굴들은 긴장한 나머지 일그러지고 손은 가볍게 떨리고 눈들은 깜박이기를 망각하고 있었어. 백인들의 표정과 선원으로 고용된 토착 흑인들의 표정이 어찌나 대조되던지 그 차이를 보는 기분이 야릇하더군. 흑인 선원들의 고향이라고 해봤자 거기서 겨우 800마일밖에 떨어지지 않은 곳이었지만 우리와 마찬가지로 그들에게도 강의 이 부분이 낯설기는 마찬가지였어. 당연한 일이지만 크게 동요한 백인들은 흉측한 소동 때문에 충격을 받아 고통스러운 표정을 짓고 있었어. 흑인들은 긴장을 하고 있었고 당연히 관심이 있다는 표정이었지만 그들의 얼굴은 본래 동요가 없는 편이었어. 닻줄을 끌어올릴 때 히죽히죽 웃는 한두 녀석의 얼굴도 마찬가지로 침착했어. 몇 명은 짧고 투덜대는 말을 교환하더니 문제가 만족스럽게 해결된 모양이었어. 넓은 가슴에, 술 달린 검푸른 옷을 몸에 감고, 무서운 콧구멍을 벌렁대고, 머리칼에 온통 기름을 칠해 인위적으로 고리처럼 말아 올린 젊은 흑인 우두머리가 내 옆에 서 있더군. '아, 사네였군!' 하고 나는 단순히 우정을 표시하느라고 말했지. '저놈을 잡으세요!' 하고 그 젊은 검둥이는 핏발이 선 눈망울을 크게 뜨고 날카로운 이빨을 번뜩이며 한마디 하는 것이었어. '잡아서 우리한테 주십시오' 하질 않겠나. '너희한테 달라고? 저들을 잡아 무엇하려고?' 하고 물었더니 '먹지 뭐합니까' 하고 녀석은 퉁명스럽게 답하더군. 그러고는 난간에 팔꿈치를 얹고 당당하게 무슨 깊은 생각을 하는 자세로 안개 속을 내다보더군. 그와 그의 동료들이 몹시 배를 주렸고 지난 한 달 동안 그네들이 굶주리고 있었다는 생각이 나한테 떠올랐으니 망정이지 그 생각을 못했다면 나는 분명 겁이 나서 혼비백산했을 거야. (그들 중 누구 하나 시간에 대한 뚜렷한 개념을 가졌다고는 생각하지 않아. 마치 우리도 세월이 오래 지나면 시간 개념이 없어지는 거나 마찬가지 아냐? 그들은 아직 시간이 처음 창조되는 시기에 속해 있었어. 그래서 시간의 실체를 가르쳐줄 만한 경험적 유산이 없었거든.) 그들은 6개월 동안 일한다는 계약을 맺고 고용된 몸이었어. 물론 강 하류에서 만들어진 우스꽝스러운 법 비슷한 것에 따라 작성한 서류 한 장이 있는 한 그 기간이 지나면 그들이 어떻게 살아갈 것인가 하는 생각을 하는 놈은 한 놈도 없었어. 확실히 그들은 배에 탈 때 약간의 썩은 하마 고기를 가져왔는데, 그 상당량을 순례자들이 질겁을 하면서 물속으로 던져버렸지만 그렇게 하지 않았더라도 그 고기는 오래 지탱되지 못했을 거야. 썩은 그 고기를 강물에 던진 것이 백인들의 고자세처럼 보였겠지만 사실 그것은 정당한 자기방어였던 거지. 자나 깨나 식사할 때

죽은 하마 냄새를 맡으면서 생명줄에 위태롭게 매달린 손을 버티고 잡고 있을 수는 없는 노릇이었어. 게다가 일주일마다 그들에게 약 9인치 길이의 철사를 세 조각씩 주었거든. 그 철사는 그들의 화폐였어. 그 화폐를 가지고 그들이 강가 마을에서 식료품을 구입할 수 있다는 가정에서 지급한 것이었어. 그러나 그 가정이 어떻게 작용했는지는 뻔한 일 아니겠나? 마을도 없었고, 있다 해도 주민들은 적개심을 가지고 대하는 자들이었어. 또한 우리처럼 통조림을 주식으로 하고 때때로 숫염소 고기를 별식으로 먹는 그 우두머리가 어떤 알쏭달쏭한 이유로 배를 세우려고 하지 않았는지 모르겠더군. 그러니까 그 철사 화폐를 집어삼키거나 그걸로 고리를 만들어 물고기라도 잡아야 할 텐데 그 어느 쪽도 아니다 보니 푸짐한 보수가 그들에게 무슨 소용이 있었겠느냔 말이야. 하긴 그 보수는 명예로운 교역 회사의 이름에 먹칠하지 않기 위해 꼬박꼬박 지불되고 있더군. 그 밖에 그들이 유일하게 먹을 것이라고는 (그들이 가지고 있는 것을 본 바로는) 설익은 밀가루 반죽 같은 것들 몇 덩어리였어. 그것을 잎사귀에다 싸두고 이따금 한 덩어리씩 집어삼키는데, 어찌나 양이 적은지 목숨을 유지하려는 심각한 목적에서라기보다 먹는 모습을 보여주기 위한 것 같더군. 지금 와서 생각하는데, 30대 5나 되게 수적으로 우세한 그네들이 배고픔이 사정없이 배를 갉아먹고 있었는데도 왜 우리에게 덤벼들지 않았는가 하는 것이 놀랍기만 해. 그들은 몸집이 크고 힘도 센 데다가 행동의 결과를 예상힐 능력도 없었고 피부는 이미 윤기를 잃고 근육도 단단하지 못했지만 아직 용기와 힘이 있었는데 말이야. 그러나 우리의 예상을 뒤엎는 인간에게 내재한 어떤 비밀이랄까, 어떤 억제하는 힘이랄까 하는 것이 그때 그곳에서 작용하고 있다는 것을 나는 알았어. 나는 갑자기 고조되는 큰 관심을 가지고 그들을 바라보았어. 얼마 안 가서 내가 그들에게 잡아먹힐 거라는 생각이 들어서가 아니었어. 하긴 자네들에게 고백할 것은 바로 그때 나는 이를테면 새로운 관점에서 그 순례자들이 얼마나 병약해 보이는가를 깨닫고 희망한 것이 있었어. 정말이지 내가 희망한 것은 뭐랄까, 내 모습은 순례자들처럼 입맛을 돋우지 않는 모습으로 있지 말았으면 하는 희망이었어. 그 당시 내 나날을 채우고 있던 꿈결 같은 의식에 어울리는 허탈한 허영심이었는지도 몰라. 아마 그때 나는 열병에 감염되었던 모양이야. 사람은 노상 손가락 하나로 자기 맥을 짚고 살 수는 없는 노릇이지. 내게는 종종 '미열'이나 다른 어떤 가벼운 징후가 있었어. 그건 야생이 장난삼아 앞발톱을 세우고 타격을 가하려는 동작, 다시 말해 때가 되면 전개될 본격적인 공격의 예비 동작이었어. 그래, 사람들이 다른 사람들을 관찰하듯, 호기심을 가지고 그 흑인들이 극심한 육체적 곤경에 처했을 때 어떤 충동과 행동을 보일까, 어떤 능력과 약점을 보일까 하고 나는 그들을 바라보았어. 자제력! 무슨 자제력이 있을 수 있지? 우리를 덮치지 않은 것은 미신이나 혐오감이나 인내심 때문이었을까? 아니면 어떤 원시적 명예심 때문이었을까? 그러나 어떤 공포심도 굶주림을 당해낼 수 없고, 어떤 인내심도 굶주림을 이겨낼 수 없으며, 굶주림 앞에서는 혐오감 따위는 존재도 없는 법이야. 미신이나 신념이나 소위 말하는 원칙은 어떤가 하면, 그것들도 바람에 날려갈 왕겨만도 못한 거야. 지속되는 굶주림의 극악무도함. 그 분노를 유발하는 고통, 그것이 잉태하는 음흉한 생각, 음침하게 밀려드는 극악함을 자네들은 모르겠나? 난 알아. 굶주림과 제대로 싸우려면 타고난 온갖 힘이 다 필요한 거야. 차라리 사별이나 불명예나 영혼이 나락으로 떨어지는 것이 이 지속되는 굶주림보다는 한결 나을 거야. 슬픈 일이지만 그건 사실이야. 또한 그들은 어떤 가책을 느낄 이유가 전혀 없었단 말이야. 자제력이라니! 전쟁터의 송장들 사이를 들쑤시고 다니는 하이에나에게서 자제력을 기대하는 편이 훨씬 나았을 거야. 그러나 이건 나에게 직면한 엄연한 현실이었어. 깊은 바다 위에 뜬 거품, 밑도 끝도 없는 수수께끼 위에 이는 잔물결처럼 보는 우리를 압도하는 그때의 상황은, 내 생각으로는 앞이 안 보이는 하얀 안개 뒤, 그러니까 강둑 위에서 휩쓸고 지나가는 이 야만적 소란함 속에 담긴 기이하고 설명할 수 없는 절망적인 애처로운 가락보다 더한 신비로움이었어.

두 명의 순례자가 쫓기듯 속삭이며 어느 쪽 둑이냐를 놓고 다투고 있었어. '왼쪽이야' 하니까 '아니야, 그건 아니야. 어떻게 그런 소리를 하지? 오른쪽이야. 당연히 오른쪽이야' '정말 큰일입니다' 하고 바로 뒤에서 지배인 목소리가 들리더군. 이어서 지배인은 '우리가 가기 전에 커츠 씨에게 무슨 일이라도 생기면 나는 처량해질 겁니다' 하는 것이었어. 나는 그를 바라보았는데, 그의 말이 진심에서 나온 것을 의심치 않았어. 지배인은 체면을 지키고 싶어 하는 그런 유의 사람이었어. 그것이 그의 자제력이 된 것이지. 그러나 그가 곧 출발하자는 취지로 무언가를 중얼거렸을 때 나는 굳이 대답할 필요를 느끼지 않았어. 출발은 불가능하다는 것쯤은 나도 알고 있었고 그도 알고 있었어. 닻을 올려 강바닥에서 이탈하면 우리는 완전히 허공에 뜬 상태, 우주 공간에 뜬 상태가 되고 말 테니까. 그렇게 되면 어디로 가고 있는지, 즉 상류로 가는지 하류로 가는지, 아니면 옆으로 가는지 어느 한쪽 둑에 부딪칠 때까지는 알 수 없는 노릇이었어. 그것도 처음에는 어느 쪽 둑에 와 부딪쳤는지 알 수 없었을 거야. 물론 나는 배를 움직이지 않았어. 배를 박살낼 마음이 없었던 거지. 파선하면 거기보다 더 치명적인 장소는 자네들도 상상할 수 없을 거야. 즉시 물에 빠지든 빠지지 않든 어차피 곧 죽게 될 것은 뻔한 일이었어. '무슨 모험을 하든 모든 권한을 당신에게 맡기겠소' 하고 지배인은 짤막한 침묵 끝에 말하더군. '어떤 모험도 나는 하지 않겠습니다' 하고 나는 짧게 말했어. 내 말투에 놀랐는지는 모르지만 그것이 바로 그가 기대한 대답이었어. '당신의 판단을 존중하겠소. 당신이 선장이니까' 하고 지배인은 깍듯이 예의를 지키며 말하더군. 나는 그의 깍듯한 정중함에 대한 감사의 표시로 어깨를 그 쪽으로 향하고 안개 속을 응시했어. 이 상태가 얼마나 지속될까? 전망은 끝없이 암담하더군. 이 험악한 밀림 속에서 상아를 찾아 헤매는 커츠에게 다가간다는 것은 마치 전설의 성에서 마법에 걸려 잠든 공주를 찾는 것처럼 많은 위험이 따르는 일이었어. '저들이 습격해 올까요?' 지배인이 은밀한 어조로 나에게 묻더군.

  나는 몇 가지 분명한 이유로 그들이 공격해 오지 않으리라고 생각하고 있었어. 짙은 안개가 그 한 가지 이유였어. 만일 그들이 카누를 타고 둑을 떠난다면, 우리가 움직이면 안개 속에서 길을 잃을 것은 뻔한 이치인 것처럼 그들도 안개 속에서 길을 잃는 것은 뻔한 일이었거든. 또한 나는 양쪽 강둑의 정글은 도저히 통과할 수 없다는 판단을 내리고 있었거든. 물론 그 정글 안에 있는 눈들이 밖을 내다보고 있다는 판단은 하고 있었어. 그 뒤에 무성한 덤불은 분명 사람이 통과할 수 있는 것이었지. 그러나 안개가 잠깐 걷힌 동안에도 강의 그쪽 일대에서는 카누를 볼 수 없었어. 물론 증기선 근처의 물 위에서도 카누가 우리와 나란히 움직이는 것을 보지 못했어. 그러나 공격은 있을 수 없다고 내가 생각한 이유는 들려오는 소란한 잡음, 그러니까 우리가 듣고 있는 그 울부짖음의 성격 때문이었어. 그 소리는 즉각적인 공격 의지를 예고하는 격렬한 성격을 담고 있지 않았어. 예상 밖이면서 사납고 맹렬했지만 그 소리에는 애감이 담겨 있다는 인상을 뿌리칠 수 없었어. 무슨 이유에서인지는 몰라도 증기선의 모습이 그 야만인들의 마음을 억제할 수 없는 비탄으로 채웠던 모양이야. 나는 속으로 자신에게 해명하기를 혹시 위험이 있다면 그 위험이란 어떤 격렬한 감정을 언제 폭발시킬지 모르는 어떤 인간 바로 곁에 있다는 것, 그 자체라고 했어. 극단적인 슬픔도 결국 폭력이라는 형태로 발산되긴 하지만 슬픔은 대개 냉담한 형태를 지니는 법이니까. 순례자들이 안개 속을 응시하고 있는 모습은 가관이었어! 그들은 이빨을 보이며 웃을 용기도 없었고, 심지어 나에게 비난의 화살을 던질 용기도 없었어. 그러나 그들이 나를 미친 놈으로 여기고 있다는 것을 나는 알고 있었어. 아마 겁을 먹은 탓에 그랬을 거야. 나는 으레 하는 설교를 했어. '여러분들, 아무리 조심해보았자 소용없어요' 하고. '계속 망만 보고 있느냐고 묻는 겁니까? 허, 쥐를 지켜보는 고양이처럼 안개가 걷히는 낌새를 찾느라 열심히 지켜본 것은 여러분도 짐작하실 겁니다. 하지만 우리의 눈은 마치 솜 무더기 속에 몇 마일이나 깊이 파묻힌 것처럼 아무 소용이 없습니다' 하고 내가 한마디 해준 거야. 정말이지 안개가 솜뭉치처럼 느껴졌어. 답답하고 후텁지근하고 숨이 막혔어. 내가 한 말은 과장되게 들리기도 했겠지만 모두가 절대적으로 사실이었어. 뒤에 우리가 공격이라고 부르기는 했지만 그것도 실은 우리를 쫓아 보내려는 시도에 불과한 것이었어. 그 시도는 공격적인 것과는 거리가 멀었어. 일반적 의미의 방어도 되지 못했어. 절망이 주는 중압감에 못 이겨 할 수 없이 취한 행동이었고 본질적으로 방어적인 것이었어.

공격은 정확히 말해서 안개가 걷힌 뒤 2시간 만에 전개되었어. 공격의 시발점은 어림잡아 커츠의 출장소에서 하류 쪽으로 약 1.5마일 떨어진 곳에 위치한 지점이었어. 우리가 헐떡이며 굴곡부를 돌아섰을 때 작은 섬 하나가 내 눈에 들어오더군. 강물 한가운데에 위치한 선명한 초록색 풀이 무성한 작은 언덕이었어. 주위에 그것과 비슷한 섬이 하나도 없이 혼자 고고히 서 있는 섬이었지. 그러나 그 유역으로 더욱 접근하면서 나는 그것이 긴 모래톱 앞자락이거나 아니면 강 중간으로 뻗어나간 수면 바로 밑에 깔린 구릉 지대의 시작이란 걸 알 수 있었어. 그 물밑 구릉 지대는 찰랑거리는 파도에 씻기어 변색이 되어 있었고, 살갗 아래로 척추 뼈가 사람의 등줄기를 따라 이어지는 것이 보이듯 물속의 구릉 지대 전체가 눈에 들어오더군. 내 판단으로는 이 물속 구릉 지대의 오른쪽이나 왼쪽으로 나갈 수 있었어. 물론 나는 어느 쪽 물길도 잘 알지 못하는 처지였어. 양쪽 강둑은 아주 비슷한 외형을 드러내고 있었고 물의 깊이도 같아 보였어. 그러나 출장소가 서쪽 편에 있다는 보고를 들었기 때문에 나는 자연히 서쪽 수로로 나아갔던 거야.

　서쪽 수로로 들어서자마자 그곳이 생각보다 훨씬 좁단 걸 알게 되었어. 왼쪽에는 잘린 데가 없이 길게 지속되는 모래톱이 있었고 오른쪽에는 덤불로 빽빽이 덮인 높고 험준한 둑이 있었어. 그 덤불 위로 나무들이 여러 줄로 빽빽이 서 있더군. 나무의 끝가지들이 물 위로 촘촘히 늘어지고 어느 정도 간격을 두고 나무의 굵은 가지가 물 위로 힘차게 뻗어 나와 있었어. 오후로 접어든 지 꽤 오래되었기 때문에 숲의 표정은 어두웠고 넓은 면적을 차지하는 그림자가 벌써

물 위에 드리워져 있었어. 이 그림자 속에서, 자네들도 상상할 수 있겠지만, 우리는 아주 천천히 배를 몰고 올라간 거야. 배를 강기슭과 아주 가까운 거리를 유지시키며 조종했어. 장대로 수심을 측정했더니 둑 가까운 곳의 수심이 제일 깊었기 때문이야.

배가 고프지만 참고 일하는 흑인 친구 하나가 내 바로 밑 이물에서 물의 깊이를 측정하고 있더군. 그 증기선은 갑판이 있는 거룻배와 아주 닮은 배였어. 갑판에는 문과 창이 달린 티크 나무로 지은 선실이 두 개 있었어. 보일러는 뱃머리에 있었고 기계 장치는 바로 고물에 있었어. 기둥으로 떠받친 가벼운 지붕이 배 전체를 덮고 있었어. 그 지붕을 뚫고 연통이 불쑥 나와 있었고 그 굴뚝 앞쪽에는 가벼운 널빤지로 만든 작은 선실이 있었는데, 그것이 운전실 역할을 하고 있었어. 그 안에는 긴 의자 한 개, 야영용 의자 두 개, 한쪽 구석에는 장전해서 기울여 세워둔 마르티니 헨리 장총 한 자루, 그리고 작은 탁자와 조타 장치가 있었어. 앞에 넓은 문이 있었고 양편에는 넓은 덧문이 있었어. 물론 이것들은 모두 항상 열어놓은 상태였어. 나는 문 앞쪽, 그러니까 지붕의 맨 앞에 올라앉아 나날을 보냈던 거야. 밤에는 긴 의자에서 자거나 자려고 노력했어. 내 전임자가 교육시킨, 해안 부족 출신의 체격 좋은 흑인 녀석이 조타수로 일했어. 그 녀석은 놋쇠 귀고리 한 쌍을 달고 허리에서 발끝까지 푸른 천을 두르고 제가 세상에서 제일 잘난 사람으로 생각하고 있었어. 그렇게 호들갑을 떠는 바보는 처음이었어. 사람이 곁에 있으면 한없이 뽐

내는 자세로 키를 잡다가 사람이 곁에 보이지 않으면 절망적인 공포에 사로잡혀 이내 그 불구자 같은 증기선이 멋대로 놀아도 손도 쓰지 못했지.

수심을 측정하는 장대를 내려다보고 있을 때, 그 장대가 땅에 닿을 때마다 수면 위로 점점 더 올라오는 것을 보고 나는 몹시 불안해하고 있었어. 바로 그때 그 장대잡이가 하던 일을 갑자기 멈추고 장대를 갑판 위로 끌어올리려고도 하지 않고 갑판 위에 납작 엎드리는 것이 보였어. 그 녀석은 아직 장대를 놓지 않고 잡고 있었기 때문에 장대가 물속에서 끌려오더군. 동시에 내 아래쪽에서 일하던 화부 녀석이 난로 앞에 갑자기 주저앉더니 고개를 떨구더군. 나는 깜짝 놀랐지 뭐야. 우리 앞 항로에 암초가 있었기 때문에 나는 재빨리 강 쪽을 바라보아야 했어. 그런데 막대기들, 작은 막대기들이 날아다니고 있는 거야. 까맣게 날아오더란 말이야. 그것들은 내 코앞에서 쌩 하는 소리를 내며 지나갔고 아래쪽으로 떨어지기도 하고 뒤편 조타실에 가서 부딪치기도 하더군. 그런 정황에서도 강과 강변과 숲은 한결같이 조용하더군. 숨죽인 듯이 말이야. 배의 후미에 붙은 외륜이 묵직하게 물을 때리는 둔탁한 소리와 이 막대기들이 내는 딸그락 소리밖에 들리는 것이 없었어. 우리는 간신히 암초를 비켜 지나갔어. 젠장, 그것들은 화살이었어! 글쎄, 우리를 겨냥한 화살들이었지 뭔가! 나는 육지 쪽으로 난 덧문을 닫으려고 급히 선실로 돌아왔어. 그 바보 키잡이 녀석은 운전대 손잡이에 손을 얹고 무릎을 번쩍번쩍 들면서 발을 구르고 고삐에 매인 말처럼 입속에서 소리가 나도록 씹는 시늉을 하고 있었어. 망할 자식! 사실 그때 우리는 둑에서 10피트도 안 떨어진 물 위를 비틀거리며 가고 있었어. 내가 무거운 덧문을 젖히느라 몸을 밖으로 내밀었더니, 내 얼굴과 마주 보는 잎사귀들 사이에서 어떤 얼굴이 사납게 뚫어져라 나를 보고 있는 게 아니겠어? 다음 순간 내 눈을 가렸던 장막이 제거된 것처럼, 그 뒤엉킨 어둑어둑한 곳에서 벌거벗은 가슴팍, 팔과 다리들, 번뜩이는 눈망울들이 드러나 보이더군. 숲에는 청동빛으로 번쩍이며 움직이는 인간의 사지가 우글거리고 있었어. 잔가지들이 떨며 흔들리면서 버스럭거리는 소리를 내고 있었고 화살이 날아왔어. 때마침 덧문이 닫혔어. '배를 똑바로 몰아!' 하고 나는 키잡이에게 말했어. 그는 머리를 꼿꼿이 세우고 얼굴은 앞을 향했지만 사방을 살피느라 눈알을 굴리고 있었고 다리를 가만히 들었다가 살며시 내려놓는 동작을 계속하는 것이었어. 입에는 약간의 거품까지 물고 말이야. '조용히 좀 해!' 하고 나는 화가 나서 말했어. 그러나 그건 바람에 흔들리는 나무더러 흔들리지 말라고 명령하는 거나 같았어. 나는 밖으로 뛰어나갔어. 내 밑에서는 철갑판 위를 허둥대는 발소리, 어쩔 줄 모르고 질러대는 외침이 어지러웠어. 어떤 목소리가 '배를 돌릴 수 없나요?' 하고 외치더군. 전방 수면에 V자 모양 잔물결이 내 눈에 들어오더군. 저건 뭐야? 또 암초다! 내 발 아래서 일제 사격이 터져 나오고 있더군. 순례자들이 윈체스터 소총으로 덤불숲을 쏘고 있었는데 그 덤불 속으로 그냥 납덩어리를 퍼부은 거였어. 엄청난 연기가 피어오르더니 배의 이물 쪽으로 퍼지고 있더군. 나는 그 연기를 저주했어. 잔물결이고 암초고 뭐고 다 보이지 않게 되었기 때문이야. 내가 문간에 서서 내다보려니까 화살이 떼를 지어 날아오더군. 독화살일 수도 있었어. 그러나 고양이 한 마리도 죽이지 못할 것처럼 보이더군. 숲에서는 고함 소리가 울리기 시작했어. 우리가 채용한 장작 패는 일을 맡은 선원들은 싸울 테면 싸워보자는 호전적 함성을 지르고 있었고 내 바로 등 뒤에서 난 총소리가 내 귀를 멍하게 하더군. 어깨 너머로 돌아다보니 운전실은 아직도 소음과 연기로 가득 차 있어서 나는 급히 운전대로 달려갔어. 그 바보 같은 키잡이 검둥이 놈은 덧문을 열고 마르티니 헨리 총을 쏘느라 다른 일은 죄다 집어치우고 있더군. 활짝 열어젖힌 덧창가에 서서 눈을 번뜩이고 있기에 그 녀석더러 빨리 돌아오라고 고함을 질렀어. 그러는 동안에도 나는 증기선이 가야 할 길을 갑자기 이탈할까 봐 진행 방향을 바로잡아야 했어. 설사 내가 원한다 해도 배를 돌릴 공간이 없는 데다 배 양쪽 자욱한 연기 속 아주 가까운 어느 곳에 암초가 있었기 때문에 지체할 시간이 없었던 나는 강기슭 쪽으로, 그러니까 수심이 깊을 것으로 판단되는 곳으로 배를 몰고 갔던 거야.

강 위로 뻗어 나와 물 위를 덮다시피 한 덤불 곁을 따라 꺾어진 잔가지들과 날아오르듯 튕겨 나온 나뭇잎들의 소용돌이 속을 천천히 뚫고 지나갔어. 총알이 떨어지면 그치리라 예상한 대로 밑에서는 일제 사격이 뚝 그치더군. 그때 한쪽 덧문 구멍으로 들어와 또 한쪽 구멍으로 운전실을 가로질러 날아가는 반짝이며 휙 하는 소리를 내는 물체 때문에 나는 머리를 뒤로 얼른 젖혔어. 총알이 없는 빈총을 휘두르며 강기슭을 향해 소리소리 지르는 그 미친 키잡이 녀석 너머를 바라보았을 때 나는 희미한 인간의 형체들이 상체를 잔뜩 굽힌 채 뛰고 미끄러지고, 뚜렷이 나타났다가 부분만 보였다가 하면서 금세 사라져버리는 것을 보았어. 무언가 커다란 물체가 덧창 앞 공중에 나타나는가 했더니 그 키잡이의 총이 배 밖의 물속으로 떨어지더군. 그 순간 키잡이는 재빨리 뒷걸음을 치더니, 야릇하고 심오하고 친밀한 태도로 제 어깨너머로 나를 힐끔 보고는 내 발 위에 와서 쓰러졌어. 그의 머리가 두 번 핸들을 들이받자 긴 막대기처럼 생긴 것의 끝이 소리 내며 돌아 나오더니 작은 야영용 의자를 뒤집어엎었어. 마치 육지에 있던 어떤 인간에게서 그 막대기를 힘주어 빼앗던 중에 그만 힘을 쓰다 균형을 잃은 것처럼 보였어. 엷은 연기가 바람에 날려 사라지고 우리는 그 암초 지대를 벗어났어. 그때 앞을 바라보고 100야드 정도만 더 가면 둑에서 멀리 떨어져 자유롭게 헤쳐나갈 수 있다는 걸 알았어. 그런데 내 발이 뜨뜻하고 축축한 것 같아서 나는 밑을 내려다봐야 했어. 그 키잡이 검둥이가 반듯이 뒤로 누워 두 손으로 막대기를 꼭 잡은 채 나를 똑바로 쳐다보고 있더군. 그 막대기는 열린 틈으로 던져 넣었거나 찔러 넣은 창의 몸체였어. 그 창은 그의 옆구리 갈빗대 바로 밑에 박혀 있었고 창날은 무서운 상처를 낸 후 보이지도 않게 깊이 박혀 있었어. 내 구두는 피로 흥건히 채워졌고 핸들 밑에는 흘러나온 피가 고요히 검붉게 빛을 발하면서 괴어 있었고 그의 눈에는 놀라운 광채가 빛나고 있었어. 그때 일제 사격이 다시 터져 나오더군. 그는 내가 빼앗아갈까 봐 두려워하듯 귀중한 물건처럼 그 창을 쥔 채 겁먹은 표정으로 나를 초조하게 바라보았어. 그의 눈초리에서 눈을 피하며 키를 잡는 일은 힘들더군. 나는 한 손으로 머리 위를 더듬어 경적의 손잡이 줄을 찾아 황급히 뿌우뿌우 하는 소리를 연달아 울렸어. 그러자 당장에 시끄럽던 분노에 찬 호전적 함성이 뚝 그치더군. 그러고는 지구상에서 마지막 희망이 날아간 뒤에나 일어날 것으로 상상되는 서글픈 공포와 극도의 절망에 찬 통곡 소리가 길게 퍼져 나오더군. 덤불숲 속에서는 큰 동요가 일더니 화살의 소나기가 멈추고 그중 몇 발만이 바닥에 와 떨어지며 날카로운 소리를 냈어. 그러고 나서야 침묵이 왔어. 선미의 외륜이 내는 나른한 방아 소리만이 내 귀에 뚜렷이 들려왔어. 분홍색 파자마를 입은 순례자가 흥분하고 화난 모습으로 문간에 나타난 것은 키를 우현으로 힘차게 꺾고 있는 순간이었어. '지배인이 나를 보내서……' 하고 그는 사무적인 말투로 말을 꺼내다가 뚝 그치더군. 그때 부상당한 녀석을 보더니 '원, 세상에!' 하고 입을 딱 벌리더군.

    우리 두 백인은 키잡이를 내려다보며 서 있었어. 무엇을 묻는 듯한 키잡이의 번쩍이는 시선이 우리를 감싸는 것이었어. 순간 그가 이해할 수 없는 언어로 우리에게 무엇을 질문할 것처럼 보였지만 그는 말 한마디 못 하고, 사지 한 번 움직이지 못하고, 근육 하나 꿈틀하지 못한 채 죽어버리더군. 다만 마지막 순간에 우리가 볼 수 없는 어떤 신호나 들을 수 없는 속삭임에 응답하듯 그는 몹시 상을 찡그리더군. 그 찡그린 인상은 검은 시신의 얼굴에 상상할 수 없이 음산하고 사색적이며 위협적인 표정을 형성했어. 질문하는 듯한 눈의 광채는 급속히 빛을 잃더니 이내 흐리멍텅해졌지. '키를 잡을 수 있소?' 하고 나는 그 지배인이 보내서 왔다는 교역상을 보고 애타게 물었어. 그는 매우 자신 없는 눈치더군. 나는 그의 손을 와락 잡았어. 그가 자신이 있어 하든 없어 하든, 내가 키잡이의 역할을 맡길 의도라는 것을 그는 깨닫더군. 사실을 말하자면 나는 신발과 양말을 갈아 신고 싶어 죽을 지경이었어. '그는 죽었어요' 하고 강한 충격을 받은 듯 그 사람은 중얼거리더군. '죽은 건 틀림없어요' 하고 나는 미친 듯이 구두끈을 잡아당겼어. '그런데 말입니다. 그건 그렇고 지금쯤은 커츠 씨도 죽었을 겁니다.' 교역상의 말이었어.

그 순간 다른 생각은 내 머리에서 모두 사라지고 말더군. 마치 내가 이제껏 찾아 나섰던 어떤 것이 허무하게 사라졌다는 것을 알아차렸을 때처럼 극심한 실망감을 느낀 거지. 이 먼 길을 여행한 목적이 오직 커츠 씨와 대화할 기회를 얻는 것이었다고 해도 이보다 더 실망스럽지는 않았을 거야. 커츠 씨와 대화할 기회를 갖는 것⋯⋯ 나는 구두 한 짝을 물 속으로 던지면서 내가 기대하고 있던 것이 바로 그것, 즉 커츠 씨와의 대화라는 것을 깨달았어. 나는 그때까지 커츠 씨가 어떤 행동을 하는 모습을 상상할 수 없었고 다만 이야기하는 것만을 상상해왔다는 이상한 발견을 했어. '이제 나는 그를 결코 보지 못할 거야'가 아니라 '이제 나는 그의 말을 결코 들을 수 없을 거야'라는 식으로 생각이 돌아가더군. 커츠 씨는 나에게 오직 목소리로 생각되었던 거야. 물론 그를 행동과 연관 짓지 않아서가 아니야. 그가 다른 교역상들의 것을 모두 합친 것보다 더 많은 상아를 수집하고, 교역하고, 갈취하고, 훔쳤다고 사람들이 질시와 선망의 어조로 말하는 것을 듣지 않은 건 아니지. 그건 중요한 초점이 아니야. 중요한 초점은 커츠가 재능 있는 사람이라는 것, 그런데 타고난 재능 중에서도 말재주, 즉 화술이 가장 두드러진 재능이었으며 또한 실감을 주었다는 점이야. 사실 표현의 재능이란 사람을 혼란스럽게도 하고 계몽하기도 하며, 가장 고양된 것이면서 가장 경멸받아야 마땅하기도 하고, 고동치는 빛의 흐름이기도 하지만, 반면에 꿰뚫을 수 없는 어둠의 심장부에서 나오는 기만적인 흐름이기도 한 것이야.

　나머지 한 짝의 구두도 그 강의 물귀신에게 던져버렸어. 순간 '제기랄, 모든 게 끝났어. 우리가 너무 늦었어. 그는 사라지고 말았구나. 창이나 화살이나 몽둥이 때문에 그 재능도 사라지고 말 거다. 그 친구의 말은 결코 듣지 못하겠구나!' 하는 생각이 들더군. 그때 느낀 나의 슬픔은 숲속 야만인들의 울부짖음에서 감지했던 것만큼이나 깜짝 놀랄 그런 격렬한 감정이었어. 나의 신념을 탈취당했거나 내 인생의 운명을 놓쳐버렸다 해도 이보다 더 고독한 비탄에 빠지진 않았을 거야……. 그렇게 청승맞게 한숨을 쉬는 건 누구지? 어처구니없는 이야기라고? 맞아, 어처구니없지. 아이코! 사람이 절대 해서는 안 되는 건……. 자, 담배나 좀 줘 봐."

잠시 깊은 정적이 감돌았다. 다음 순간 성냥불이 켜졌다. 여위고 해쓱하고 늘어진 주름과 내리깐 눈을 한 말로의 갸름한 얼굴이 주의력을 집중시키고 있는 모습이 보였다. 그가 파이프를 세게 빨 때마다 조그만 불꽃이 규칙적으로 명멸하고 그에 따라 그의 얼굴이 어둠 속에서 뒤로 물러났다가 앞으로 나왔다를 반복했다. 성냥불이 꺼졌다.

"어처구니없다고!"

말로가 소리쳤다.

"이건 얘기하기도 제일 역겨운 이야기지만…… 자네들은 모두 쌍 닻을 내린 배처럼 두 가지 면에서 편리한 주소지를 가지고 정착하고 있는 셈이야. 한 쪽 모퉁이엔 푸줏간이 있고 또 한쪽엔 경찰이 있는 주소지 말이야. 식욕도 왕성하겠다, 체온도 정상이겠다, 내 말을 들어봐, 1년 내내 정상이란 말이야. 그런데 어처구니없다니! 어처구니라는 말 같은 건 쓰지 마! 어처구니없다고, 원! 여보게들, 다름 아닌 초조감에서 새 구두 한 켤레를 물속에 집어던진 인간한테서 무얼 바라나? 지금 생각하면 내가 눈물을 흘리지 않은 것이 놀라워. 내가 의연한 자세를 유지했던 것이 자랑스러워. 재능 있는 커츠의 말을 들을 수 있는 그 특혜를 잃었다는 생각에 정말 속상했어. 물론 내 짐작이 잘못된 것이었지. 그 특혜는 나를 기다리고 있었으니까. 그래, 난 오히려 그의 말을 충분히 듣고도 남았으니까. 또한 내 생각이 옳았어. 그 사람은 다만 목소리에 불과했어. 그의 말, 그 음성, 다른 목소리들을 난 들은 거야. 모든 것이 다 목소리에 불과했어. 그 시절에 대한 기억은 손으로 감지할 수 없는 것이지만, 어리석고 포악하고 더럽고 야만적이며 아무 의미도 없이 단지 야비하기만 한 것이지만, 그럼에도 여전히 내 주위를 맴돌고 있어. 그 목소리들, 목소리들이…… 심지어 그 여자마저도…… 지금은…….”

말로는 한참 동안 말이 없었다. 그러다가 갑자기 말을 시작했다.

“마침내 난 유령 같은 그의 재능을 거짓말로 반복했어. 여자! 뭐라고? 내가 어떤 여자를 내 이야기에 끌어들였나? 오, 여자는 관계가 없어. 전혀. 그들, 여자들 말이야, 그들은 관계가 없어. 관계가 있어도 안 돼. 우리가 사는 세상이 더 나빠지지 않도록 우리는 여자들이 그들만의 아름다운 세상에서 살도록 해줘야 하니까. 아, 그녀가 관련되어서는 안 돼. 구출된 커츠가 ‘내 약혼녀’라고 말하던 것을 자네들도 들었어야 하는 건데. 그랬더라면 이것이 여자와는 하등 관계가 없다는 것을 알게 되었을 거야. 커츠 씨의 그 고귀한 앞이마는 정말! 머리털은 때로 죽은 후에도 계속 자란다고 하는데, 이자의 이마, 그러니까 이 견본은 반들거리는 것이 아주 인상적이더군. 야생이 그 머리를 연신 쓰다듬었으니까. 이봐, 그 이마는 공 같았어. 상아로 된 공 같았단 말이야. 야생이 애무했으니까. 그 사람은 그만 시들고 만 거야. 야생이 그를 붙잡아 사랑하고 포옹하고, 그의 핏줄에 흘러들었고 그의 육체를 소진시키고, 어떤 악마가 주관한 것 같은 미지의 의식을 통해 그의 영혼을 자기 것이 되도록 봉인해버린 거였어. 그래서 커츠는 버릇없이 구는 야생의 응석받이가 되어버린 거였어. 상아 때문일 거라고? 나도 그렇게 생각해. 수없는 상아 더미가 있더군. 낡은 진흙 오두막이 상아로 터질 것 같았어. 그 지방엔 땅 위고 아래고 상아라고는 어금니 한 개도 남아 있지 않겠구나 하는 생각이 들 정도였어. '대부분이 화석이 되었군' 하고 지배인이 깎아내리더군. 내가 화석이 아니듯 그것들도 화석이 아니었어. 하지만 땅에서 파냈을 때 사람들은 그것을 화석이라 부른다더군. 때로 흑인들이 상아들을 땅에 파묻는 것 같았어. 분명히 그들은 재주 있는 커츠 씨가 비참한 운명을 맞지 않도록 깊이 묻었어야 했는데, 실은 그러지 못한 모양이었어. 우리는 증기선을 상아로 채우고 갑판에도 산더미같이 상아를 쌓아올려야 했어. 이렇게 했더니 커츠는 볼 수 있는 한 그것들을 마음껏 보고 즐길 수 있었지. 이런 혜택에 대해 감사하다는 표정이 그가 눈을 감을 때까지 얼굴에서 지워지지 않더군. '내 상아'라고 그가 말하는 소리를 자네들도 들었어야 하는 건데. 물론 나는 들었지. '내 약혼녀, 내 상아, 내 출장소, 내 강, 내……' 모든 것이 그의 것이었어. 그가 그렇게 말하는 것을 들었을 때, 하늘에 박혀 있는 별들을 그 별자리에서 뒤흔들어놓을 요란한 웃음을 야생의 숲이 터뜨리지나 않을까 하는 기대감으로 나는 숨을 죽이고 있었어. 모든 것이 그의 것이었어. 하지만 그것은 하찮은 문제였어. 그가 어디에 속하고 또 얼마나 많은 어둠의 힘들이 그를 자기 것이라고 주장하느냐를 아는 것이 중요한 문제였어. 그런 생각을 했더니 온몸에 소름이 끼치더군. 상상이 불가능했고 그런 것을 상상하는 것은 몸에도 좋지 않았어. 커츠는 그 땅의 악귀들 가운데서 높은 자리를 차지하고 있었던 거야. 문자 그대로 그랬던 거야. 자네들은 이해할 수 없어. 발밑에는 탄탄한 포장도로가 있겠다, 잘할 때는 칭찬을 던지고 못할 때는 달려드는 이웃들이 주변에서 언제나 친절하게 지켜주고, 푸줏간과 경찰 사이를 조심스럽게 발 내디디며 추문과 교수대와 정신 병원을 무서워하며 살아가는 자네들이 어떻게 이해할 수 있겠나? 고립된 시간, 경찰도 없고 정적밖에 없는 순간에, 다른 사람들의 여론을 속삭여줄 친절한 이웃이 경고하는 목소리도 없는 절대 정적의 순간에, 아무런 속박도 받지 않는 발이 인간을 태고의 어떤 특정 지역으로 이끌어갈지 자네들이 어떻게 상상할 수 있겠나? 이런 사소한 것들에서 거창한 차이라는 차이는 모두 발생하는 법이야. 이런 사소한 것들이 사라지고 없다면 사람은 자기를 충실히 도울 도우미를 찾아야 하는데, 그 도우미는 오로지 자신 속에 내재하는 힘, 즉 자신의 능력에서 찾을 수밖에 없는 거지. 물론 사람은 너무 멍청해서 나쁜 길로 빠지지 않는 경우도 있지. 너무 아둔해서 자신이 어둠의 힘에 큰 영향을 받고 있는 줄도 모를 수 있지. 내 생각은 이래. 자신의 영혼을 악마에게 팔아버리려고 흥정한 바보는 없다 이거지. 바보가 너무 아둔해서인지 아니면 악마가 너무 교활해서인지는 나는 몰라. 또는 엄청나게 고상한 사람이라면 하늘이 내린 경치와 소리만 듣고 볼 뿐 다른 것에는 눈과 귀를 완전히 닫고 살 수도 있겠지. 그렇게 되면 이 지구라는 땅덩어리는 그런 사람에겐 다만 서 있기 위한 장소가 되는 거지. 지구가 그런 것으로 되는 것이 사람에게 손해가 되는지 득이 되는지 나는 말하지 않겠어. 그러나 대부분의 인간은 그렇게 아둔하지도 고상하지도 않아. 대부분의 우리에겐 지구는 살 장소고, 여러 가지 보이는 것과 들리는 것과 냄새까지도 다 견디고 살아야 할 곳이지. 제기랄! 말하자면 죽은 하마 고기 냄새를 맡고도 오염되지 말아야 한다 이 말이야. 그래서 우리에겐 힘이 필요한 거지. 썩은 고기를 묻을 변변한 구덩이를 팔 수 있는 자신의 능력에 대한 믿음이 필요하고, 우리 자신에게가 아니라 막연하면서도 허리가 휘는 일에 헌신할 수 있는 힘이 필요한 거야. 그건 매우 힘든 일이지. 여보게들, 자네들에게 변명하거나 해명하려는 말이 아니야. 나 자신에게 커츠 씨라는 인물을, 아니 커츠 씨의 그림자를 해명하려고 노력하고 있는 거야. 암흑 같은 대륙의 오지가 길러낸 이 망령 커츠는 완전히 사라져버리기 전에 영광되게도 나에게 놀라운 신뢰를 보여주었거든. 그것은 그 유령이 나에게 영어로 말할 수 있었기 때문이었어. 본래 커츠는 영국에서 교육을 받은 적이 있었고, 그래서 자신의 친절한 설명에 따르면 대인 관계는 정상적이라고 하더군. 모친의 혈통은 절반이 영국계였고 부친의 혈통은 절반이 프랑스계였다고 하고. 그러니까 커츠라는 인물을 만드는 데는 온 유럽이 기여한 셈이야. 또한 나중에 안 일이지만 '야만적 풍습 타파를 위한 국제회의'라는 기관이 적절하게도 장래의 지침을 위해서 커츠에게 보고서를 만들어달라고 의뢰한 일이 있었어. 그래서 커츠는 그 보고서를 작성했더군. 나는 그 보고서를 읽어보았어. 그 글은 웅변으로 고동치는 유창한 언어로 된 것이었지만 내 생각엔 너무 흥분한 어조였어. 열일곱 쪽의 지면을 빼곡 채운 글이었지. 커츠는 그 글을 쓸 시간을 냈던 거야. 그러나 그 당시만 해도, 뭐랄까, 그의 정신 상태가 비정상적으로 변하기 전이었고, 입에 담을 수 없는 의식으로 끝나는 한밤의 춤마당을 주재하기 전이었어. 내가 여러 차례에 걸쳐 들은 바를 억지로 종합해보면 그 의식은, 저 말이지, 바로 커츠 자신에게 바쳐지는 의식이었던 거야. 어디, 이해가 되나? 여하튼 그 보고서는 훌륭한 글이었어. 그러나 나중에 알게 된 바에 비추어보면 그 첫 문단은 지금 생각해도 불길한 느낌을 주는 부분이야. 우리 백인들은 자신들이 도달한 고도의 문명으로 인해 '그들(야만인들)에게는 분명 초자연적인 존재로 여겨질 것이며, 신과 같은 위력으로 그들 앞에 군림하고 있다'는 등등의 논리로 그 글은 시작되더군. '단순히 의지력만 행사해도 우리는 무한한 선을 베풀 수 있다' 등등이 바로 그가 주장하는 바였어. 이 지점에서 그의 웅변은 더욱 고조되더니 그만 내 마음을 사로잡은 거야. 지금 기억하긴 어렵지만 결론은 웅장했어. 어떤 거룩한 자비로운 존재가 다스리는 광대무변한 이국적인 땅덩어리를 연상시키는 결론이었어. 내 속에 열광적인 감탄을 불러일으키더군. 이것은 웅변이 지닌 무한한 힘이며 말이 갖는 힘이며 타오르는 고귀한 단어들이 갖는 힘이었어. 명백히 상당한 시간이 지난 훗날에, 휘갈겨 쓴 불완전한 필체로 된 일종의 메모를 방법론의 제시로 보면 모르지만, 그 전체 문장의 마법적 흐름을 가로막는 구체적 사례는 없었어. 그 메모는 아주 단순했어. 또한 모든 애타적 감정에 호소하는 감동적인 문장 끝에 가서 그 글의 결론은 맑은 하늘에서 번쩍이는 번개처럼 무시무시한 광채를 발하면서 읽는 이들을 놀라게 하는 것이었어. '모든 야만인을 절멸시켜라!' 하는 부분은 그야말로 놀라운 부분이었어. 이상한 것은 분명 커츠는 그 가치 있는 메모를 완전히 잊고 있었다는 점이야. 즉 나중에 제정신으로 돌아온 커츠는 여러 번 반복하여 나더러 '나의 서류'라고 부르면서 그 서류를 잘 간수해달라고 부탁하더군. 장차 자기 경력에 좋은 영향을 미칠 거라고 하면서 말이야. 나는 이런 모든 일에 대해 다 알고 있었어. 뿐만 아니라 어쩌다 보니 결국 그의 사후 명예까지 돌보게 된 거야. 그의 명예를 위해 할 만큼은 한 사람으로서, 내겐 내가 원하면 그에 대한 기억을 진보의 쓰레기통에 쓸어 넣고 문명의 쓰레기 속에서, 즉 수사적으로 말하자면 문명의 전시 용품 속에서 영원히 잊히게 만들 당당한 권리도 있는 거야. 그러나 자네들도 알다시피 난 그럴 수는 없어. 그 사람은 잊히지 않는 인물이니까. 그가 어떤 인간이었든 간에 보통 인간은 아니었어. 원시인들을 매료시키거나 공포에 몰아넣어 자신을 숭배케 하는, 격렬한 무당춤을 추게 만드는 힘을 가졌기 때문이야. 또한 순례자들의 옹졸한 마음을 지독한 불안으로 채울 수도 있었어. 그런데 그에게는 충실한 친구가 적어도 한 사람 있었어. 야만인이 아니고 이기심에 물들지도 않은 사람 하나를 이 세상에서 손에 넣었던 거야. 나는 정말 그 친구를 지금도 잊을 수 없어. 우리가 커츠에게 가는 도중에 잃었던 그 목숨만큼의 가치가 그 친구에게 있다고 단언할 수는 없지만 말이야. 나는 죽은 키잡이가 생각났어. 시체가 그대로 조타실에 놓여 있는 동안에도 나는 잃은 그가 그리웠어. 검은 사하라 사막의 모래 알갱이 하나만도 못한 야만인을 이렇게 슬프게 생각하는 것을 아마 자네들은 이상하게 여길지도 모르지. 자네들, 내 심정 모르겠나? 그 키잡이는 무언가를 했던 거야. 그 검둥이는 키를 잡아주었거든. 여러 달 동안 그는 내 등 뒤에서 일했어. 조수라고 할까 도구라고 할까 여하튼 나를 위해 일했단 말이야. 그것은 일종의 유대 관계였어. 그는 나를 위해 키를 잡고 나는 그를 돌봐주고 그의 부족한 점을 걱정해주는 동안에 미묘한 유대가 맺어진 거야. 그런데 그 유대 관계가 갑자기 끊어졌을 때에야 비로소 나는 그런 관계가 존재했던 걸 깨달은 거야. 부상을 당했을 때 그가 나에게 넌신 심오하면서도 진밀한 시선은 오늘까지도 나의 기억에 남아 있단 말이야. 어떤 중요한 순간에 먼 인척 관계가 확인된 것 같다는 말이야.

가엾은 바보 같으니! 덧문만 가만두었더라면 얼마나 좋았을까. 그 녀석은 자제력이 없었어. 꼭 커츠 같았지 뭐야. 바람에 흔들리는 나무 같았어. 젖지 않은 슬리퍼를 신자마자 나는 그 검둥이 키잡이의 옆구리에서 창을 뽑은 다음 그를 끌어냈는데, 고백하네만 난 눈을 꼭 감고 그 작업을 해냈어. 그의 발꿈치가 낮은 문지방을 넘을 때 위로 튕겨져 오르고, 뒤에서 그를 껴안은 상태에서 그의 어깨가 내 가슴에 와서 밀착된 상태가 되더군. 아이코, 어찌나 무거웠는지 몰라. 이 세상 어떤 인간보다 더 무겁다고 생각되더군. 그러고 나서 아무 절차고 뭐고 부산 떨지 않고 그냥 그를 배 밖으로 던져버렸어. 급류는 마치 그가 풀 이파리나 되듯 냉큼 채어갔는데, 영원히 시야에서 사라지기 전에 시체가 두 번 뒹구는 것이 보였어. 순례자들과 지배인이 모두 조타실과 가까운 천막으로 덮인 갑판 위에 모여들어 흥분한 까치 떼처럼 서로 조잘대고 있더군. 냉혹하고 신속한 나의 처사를 보고 놀라서 수군거린 거지. 무엇 때문에 그 시신을 배에 놓아두기를 원했는지 모르겠어. 어쩌면 방부 처리하고 싶었는지도 몰라. 그런데 아래 갑판에서 또 다른 웅성대는 불길한 소리가 들려오더군. 그 친구들, 그 나무꾼들이 분개하고 있었어. 그들이 분개한 것은 저희 깐에는 훨씬 그럴듯한 것이었지만 그 이유 자체는 결코 용납할 수 없는 것이었어. 아, 용납이 뭐야! 죽은 키잡이가 먹혀야 한다면 물고기한테만 먹혀야 한다고 나는 결정한 거였어. 그는 살아서는 이급 조타수였지만 죽어서는 최상급 성찬이 되어 자칫 끔찍한 소동을 일으킬지도 모를 판이었어. 게다가 분홍색 파자마를 입은 녀석은 키를 잡는 일에는 너무 형편없는 바보였기 때문에, 나는 키를 내가 잡아야 하나 어쩌나 하는 생각만 하고 있었어.

간단한 장례식이 그렇게 끝나자마자 나는 키를 잡았어. 강 한복판을 항로로 잡고 중간 속도로 배를 몰면서 주위에서 오고가는 이야기에 귀를 기울였어. 들리는 이야기의 내용은 그네들이 커츠를 포기했다느니 출장소도 포기했다느니 커츠는 죽었다느니 출장소는 불타버렸다느니 하는 것들이었어. 그 빨간 머리 순례자는 불쌍한 커츠를 위해 제대로 복수를 해준 셈이라고 생각하면서 흥분한 채 제정신이 아니더군. '이봐요, 아까 숲속에 있던 놈들을 보기 좋게 도살해버렸지 뭡니까. 어때요? 어떻게 생각하십니까? 예?' 그 사람은 정말로 춤을 추더군. 조그만 녀석이 피에 굶주려 날뛰더군. 부상당한 키잡이를 보고서는 기절할 뻔하던 작자가 말이야. 나로서는 한마디 하지 않을 수 없더군. '어쨌거나 당신은 아까 연기가 꽤 많이 피어오르게 하시더군요.' 덤불숲 상단부가 버적버적하면서 날아가는 모습으로 보아 그 사람들이 쏜 총알 대부분의 탄도가 너무 높았다는 것을 나는 알고 있었거든. 잘 겨누고 어깨 높이에서 쏘지 않으면 아무것도 맞힐 수 없는 법인데, 이자들은 눈을 감은 채 총을 허리춤에서 쏘아댔으니 말이야. 흑인들의 후퇴는 닐카오운 기적 소리 때문이었다고 내가 말했지 뭐야. 내 생각이 옳았던 거야. 이 말에 모두 커츠 문제는 잊어버리고 화를 내며 반발하면서 나한테 항의를 퍼붓더군.

지배인이 조타 장치 옆에 서서 무슨 일이 있어도 어둡기 전에 가능한 한 하류로 내려가야 한다고 낮은 목소리로 속삭이고 있었는데, 그때 멀리 강변 공터와 건물 같은 것의 윤곽이 눈에 들어오더군. '저게 뭡니까?' 내가 물었어. 지배인은 놀라며 손뼉을 치는 거였어. '출장소다!' 하고 그가 외치더군. 나는 여전히 중간 속도를 유지하며 즉시 배를 강변 가까이 댔어.

망원경으로 보았더니 나무가 드문드문 서 있고 덤불은 전혀 없는 언덕의 경사면이 눈에 들어오더군. 언덕 마루에는 쇠락한 긴 건물 한 채가 높이 자란 풀 속에 반쯤 묻히고, 뾰족한 지붕에는 커다란 구멍들이 멀리서도 보일 정도로 시커먼 입을 쩍 벌린 것이 보이더군. 정글과 숲이 그 배경을 이루고 있었어. 담도 울타리도 없었지만, 전에는 분명히 울타리가 있었던 모양이야. 집 근처에는 둥글게 깎아 만든 공 모양으로 윗부분이 장식된, 대충 다듬어놓은 대여섯 개의 가느다란 말뚝이 일렬로 서 있었어. 그 말뚝들 사이의 가로장이랄까, 여하튼 그 사이에 걸려 있던 것은 사라지고 없었어. 물론 숲이 그곳 전체를 에워싸고 있었어. 강둑은 훤히 터져 있었고 물가에서는 수레바퀴 모양의 모자를 쓴 백인 하나가 팔을 흔들며 집요하게 손짓해 부르는 것이 보였어. 숲 가장자리를 아래위로 면밀히 관찰했을 때 나는 움직임, 다시 말해 인간의 형체들이 여기저기로 미끄러지듯 움직이는 것을 볼 수 있었어. 나는 신중하게 그곳을 지나가서 엔진을 끄고 배가 저절로 약간 표류하게 내버려두었어. 강가의 사나이는 우리더러 상륙하라고 권하면서 고함을 치기 시작했어. '우리는 공격을 받았소' 하고 지배인이 소리를 지르더군. '네, 알아요. 괜찮습니다' 하고 상대방은 퍽 명랑하게 소리쳤지. '어서 오십시오. 괜찮으니까. 반갑습니다.'

그의 외모는 내가 과거에 본 적이 있는 무언가를 연상시키더군. 어딘가에서 본 우스꽝스러운 것을 말이야. 이럭저럭 배를 강가에 대면서 '이 친구가 누구와 비슷하지?' 하고 나는 생각했어. 별안간 생각나더군. 어릿광대를 닮았던 거야. 그의 옷은 어쩌면 갈색 삼베로 만든 듯했는데, 파랑, 빨강, 노랑 등 색색의 조각으로 전면이 덮여 있었어. 등판에도 헝겊이 덧대어져 있고 앞쪽에도 덧대고 팔꿈치에도 덧대고 무릎도 그렇고, 색깔이 있는 띠가 윗도리를 둘렀고, 바지에는 진홍으로 단이 달려 있어서 햇볕을 받고 있는 그 친구는 참으로 쾌활하고 동시에 놀랍도록 말쑥하게 보이기도 했어. 그도 그럴 것이 밝은 곳에서는 그의 옷이 얼마나 아름답게 덧대어진 옷인지가 잘 드러났기 때문이야. 턱수염도 없이 어려 보이는 얼굴, 금발, 이렇다 할 특징도 없고 허물이 벗겨진 코, 작고 푸른 눈, 이러한 솔직한 그의 얼굴에서는 미소와 찡그림이 바람 부는 평원의 햇빛과 그림자처럼 시로의 뒤를 쫓듯이 빈갈아 나다나디군. '조심하세요,

선장님! 어젯밤에 이 물속에 큰 나무 기둥이 쓰러져 잠겨 있어요' 하고 그가 외쳤어. 뭐라고? 또 장애물이야? 하는 생각이 들어 솔직히 고백하는데, 난 낯 뜨거운 욕설을 터뜨렸지 뭐야. 고물딱지 배를 거의 구멍 낼 뻔하고 이 즐거운 여행을 끝장낼 뻔했지. 둑 위의 그 어릿광대는 들창코를 내게로 향하더니 '영국인이십니까?' 하고 활짝 웃으며 묻더군. '당신도?' 하고 내가 조종간에서 소리쳤지. 그의 미소는 이내 사라지고 나를 실망시켜 미안하다는 듯이 고개를 가로저었어. 곧 그는 명랑한 표정으로 돌아오며 '신경 쓰지 마십시오' 하고 외치더군. '우리가 늦게 도착한 게 아닌가요?' 하고 내가 물었더니 '그분께서는 저 위에 계십니다' 하고 말하며 언덕 위쪽을 가리키는 고갯짓을 하더니 갑자기 우울해졌어. 그의 얼굴은 일순간 흐려졌다가 다음 순간 밝아지는 가을 하늘 같았어. 한 사람도 빠짐없이 무장한 순례자들의 호위를 받으며 지배인이 건물 쪽으로 향하자, 이 친구는 배에 올랐어. '이봐요, 여긴 기분이 좋지 않은 곳이군요. 원주민들이 숲속에 있으니까 하는 말이오' 하고 내가 말했어. 그 친구는 괜찮다고 나를 진지하게 안심시키더군. '저들은 단순한 인간들입니다' 하고 말하고는 이어서 '어쨌든 오셔서 기쁩니다. 저 원주민들을 쫓아 보내느라 내 시간을 죄다 바쳤습니다' 하고 말하더군. '괜찮다고 하지 않았소?' 하고 내가 소리쳐 물었지. '아, 저들은 선장님 일행을 해칠 생각은 없었습니다' 하고 그가 대답했어. 그래서 내가 그를 노려보았더니 그는 진정하듯 말하더군. '내 말이 좀 빗나갔군요' 하고 다시 명랑해지면서 '저런, 조정실을 청소해야겠군요!' 하고 말했어. 다음 순간 그는 혹시 무슨 문제가 생길 경우에 대비해서 경적을 울릴 수 있도록 보일러의 증기를 충분히 채워두라고 충고했어. '한 번의 경적이 소총을 모두 합한 것보다 더 효과가 있을 겁니다. 저들은 단순한 인간들이니까요' 하는 말을 반복하더군. 그는 어찌나 빨리 지껄이는지 나를 압도했어. 그는 한참 참아왔던 말을 벌충하려는 듯이 웃음을 터뜨리며 실제로 말을 참아왔다는 사실을 암시하더군. '커츠 씨와는 이야기를 나누지 않습니까?' 하고 내가 물었지. '그 분과는 대화를 나누지 않습니다. 그분의 말씀을 경청할 뿐입니다' 하고 그는 의기양양하게 소리치더군. '그런데, 이제⋯⋯' 하고 말을 꺼내던 그는 팔을 허공에 내저으며 눈을 껌뻑이면서 깊은 실망에 빠진 표정을 지었어. 그러더니 금세 다시 기운을 차리고 내 두 손을 움켜쥐더니 연달아 흔들면서 지껄이더군. '선원 동지⋯⋯ 영광입니다⋯⋯ 기쁩니다⋯⋯ 반갑습니다⋯⋯ 내 자신을 소개할 것 같으면⋯⋯ 러시아인인데⋯⋯ 수석 목사의 아들인데⋯⋯ 행정도시 탐보프에 있는⋯⋯ 뭐라고요? 담배! 영국 담배! 영국 담배 맛 최고지요! 참으로 고맙습니다. 피우냐고요? 담배 안 피우는 뱃사람이 어디 있습니까?' 하고 지껄여대더군.

파이프 담배가 그의 흥분을 진정시켰어. 나는 차츰 그가 학교에서 도망친 일, 러시아 배를 타고 바다로 나간 일, 다시 도망쳐 얼마 동안 영국 배에서 일하다가 지금은 수석 목사인 아비지와 화해를 했다는 사실 등을 알게 되었어. 그는 그 화해한 일을 강조하더군. '그러나 젊을 때는 여러 세상살이를 보고 경험도 쌓고 다른 사람의 생각을 배워서 생각을 넓혀야지요' 하고 그가 말하기에, '여기서?' 하고 내가 그의 말을 가로막았어. '세상일은 알 수 없는 겁니다. 여기서 나는 커츠 씨를 만났거든요'라며 그는 젊은이 특유의 근엄과 책망이 담긴 투로 말했어. 그런 후로는 나도 입을 다물었어. 그는 해안에 있는 네덜란드의 어느 교역 회사를 설득하여 식량과 상품을 공급받은 뒤 가벼운 마음으로 자신에게 어떤 일이 일어날지에 대해서는 어린 아기와 다를 바 없는 천진한 생각으로 대륙을 향해 출발했던 모양이야. 그 후 거의 2년 동안 세상 사람들이나 세상만사와 단절한 채 강을 따라 혼자 방황한 모양이었어. '보기만큼 나는 젊지 않습니다. 스물다섯 살이니까요' 하고 그는 말을 이어가더군. '처음에 반 슈이텐 영감이 나더러 꺼져버리라고 했어요' 하고 그는 새삼 재미있다는 듯이 이야기를 시작하더군. '그러나 그 영감에게 들러붙어서 어찌나 집요하게 졸라댔던지 영감은 마침내 내 졸라대는 말이 영원히 끝나지 않을까 봐 두려워 싸구려 상품과 총 몇 자루를 주면서 다시는 내 얼굴을 보지 않았으면 좋겠다고 말하더군요. 좋은 영감이었어요. 1년 전에 약간의 상아를 그분에게 보내드렸어요. 그래야 내가 돌아갔을 때 나를 좀도둑이라고 부르지 못할 테니까요. 그분에게 보낸 상아가 잘 도착했으면 좋겠습니다. 그 외에는 나는 전혀 신경 쓰지 않습니다. 선장님을 위해 장작을 쌓아 두었는데, 보셨나요?

그게 내 옛날 집이에요.'

그래서 나는 그 젊은이에게 타우슨의 책을 건네주었어. 그 젊은이는 나에게 키스라도 할 태세였지만 곧 자제하더군. '내게 남은 유일한 책인데 잃어버렸다고 생각했습니다.' 그는 희열에 차서 말하더군. '아시겠지요? 혼자 다니는 사람에겐 별의별 일이 다 일어나는 법입니다. 때론 카누가 전복되고 원주민들이 분노하면 부랴부랴 철수해야 하기도 하고요.' 그는 책장을 넘기더군. '러시아어로도 메모를 하나요?' 하고 내가 물었더니 그는 고개를 끄덕이더군. '여백의 메모가 암호로 쓰인 걸로 알았소' 하고 내가 말했어. 그는 웃다가 다시 심각해지더군. '저 원주민들을 막느라 많이 애먹었습니다'라고 그가 말했어. '그들이 당신을 죽이려 들던가요?' 하고 내가 물었지. '아니, 그건 아닙니다' 하고 말하더니 그는 입을 다물어버리더군. '그들이 왜 우리 배를 공격하려 했던 거죠?' 하고 내가 끈질기게 묻자, 그는 주저하더니 수줍은 표정으로 '원주민들은 그분이 떠나는 걸 원치 않습니다'라는 거야. '그래요?' 하고 호기심이 나서 말했지. 그는 신비와 지혜로 가득 찬 모습을 나타내듯 고개를 끄덕였어. 그는 '정말이지, 그분은 내 정신세계를 넓혀주셨습니다' 하고 외치더군. 그는 두 팔을 넓게 펼쳐 자기 정신세계의 넓어진 폭을 나타내며 동시에 동그랗게 파란 작은 눈으로 나를 응시하더군."

3

"나는 공포에 사로잡힌 눈으로 그 젊은이를 바라보았어. 무언극에 종사하는 광대 패거리에서 도망이라도 친 듯 얼룩덜룩하게 차려입은 그는 내 앞에 서 있었어. 열정적이면서 황당한 모습이었어. 그의 존재 자체가 황당한 것이고 설명이 불가능한 것이며 온통 나를 당황스럽게 하는 것이었어. 그 젊은이는 도저히 풀 수 없는 수수께끼였어. 어떻게 살아남았는지, 어떻게 그렇게 먼 곳에 당도했는지, 어떻게 그렇게 목숨을 그럭저럭 부지했는지, 금세 사라지지 않은 이유가 뭔지 나는 상상도 할 수 없었어. '난 더 깊이 오지로 들어갔어요' 하고 그는 말을 이었어. '그러고는 다시 좀 더 깊은 오지로 들어갔지요. 그러다 보니 어찌나 깊이 들어와버렸는지 이제 어떻게 돌아갈지 모르는 몸이 된 거지요. 하지만 염려 마십시오. 시간은 넉

넉하니까요. 그럭저럭 지낼 수 있습니다. 커츠 씨나 얼른 데리고 가십시오. 이건 진정으로 말씀드리는 겁니다' 하고 말했지. 그의 얼룩덜룩한 누더기 옷, 그의 궁핍과 고독, 무익한 방랑의 본질적 황폐성, 그 모두를 속에 담고 견딘 젊음의 매력이 더 빛을 발하고 있더군. 여러 달 동안, 아니 몇 년 동안에 걸쳐 그의 목숨은 하루도 지속되지 못할 것 같은 것이었어. 그런데도 그는 용감하게 별 생각 없이 살아 있었어. 순전히 나이가 젊다는 것과 숙고라고는 모르는 대담성 덕분에 목숨을 잃지 않은 것이었어. 감탄이라고 할까, 선망이라고 할까, 나는 그런 감정에 빠져들더군. 마력이 그를 다그쳐 몰아갔고 마력이 그를 다치지 않게 지켜주었던 거야. 숨 쉴 공간과 밀고 나갈 공간 말고는 그가 야생에 바랐던 것은 분명히 없었어. 그의 욕구는 살아남는 것이었고, 아무리 상황이 궁핍했어도 최대한의 위험을 무릅쓰고 전진하는 것뿐이었어. 절대적으로 순수하고 타산이 없고 실용과는 거리가 먼 모험 정신이 이제껏 인간을 지배한 적이 있었다고 하면 그 정신은 바로 누더기에 싸인 이 젊은이를 지배했던 거야. 난 이 젊은이가 그렇게 겸손하고 맑은 불꽃을 간직하고 있는 것이 부러웠어. 그 불꽃은 자신에 대한 생각은 완전히 불살라버렸기 때문에 그가 이야기를 하는 동안에도 그러한 일을 겪은 사람이 바로 내 눈앞에 있는 이 젊은이라는 것을 잊게 되더군. 그러나 그가 커츠를 헌신적으로 추종한 일은 부럽지 않았어. 그 젊은이는 그 문제에 대해서는 생각해보지도 않았던 거야. 어쩌다 보니 그런 헌신이 생겨났고 그는 그것을 숙명처럼 받아들인 거였어. 내 보기에는 그때까지 그가 모든 방면에서 겪은 일들 중에서 커츠와의 만남이 가장 위험한 것이었다고 생각해.

그 젊은이와 커츠는 불가피하게 만났던 거야. 그건 마치 가까이 있던 배가 바람이 자서 마침내 선복을 가까이 비비게 되는 것과 같은 이치야. 커츠는 자기 이야기를 들어줄 사람이 필요했던 것 같아. 숲에서 야영하게 된 어떤 경우에는 둘이 밤새 이야기를 했다더군. 오히려 십중팔구 커츠가 혼자 이야기했다는 걸 보면 뻔한 일이지. '우리는 모든 것에 대해 이야기했습니다' 하고 젊은이는 추억을 더듬으며 황홀한 듯이 말하더군. '수면 같은 것이 있다는 사실조차 나는 잊고 있었어요. 밤이 한 시간도 안 되는 것 같았어요. 모든 것을 이야기했어요! 모든 것……! 사랑에 대해서도 이야기했어요.' 그렇게 말하기에 '아, 커츠가 당신에게 사랑에 대해 이야기했군요!' 하고 나는 무척 흥미를 느끼며 말했어. '선장님께서 생각하는 그런 사랑 이야기가 아닙니다' 하고 그는 열을 내며 말하더군. '일반적인 사랑 이야기였습니다. 그분 덕택에 나는 많은 사물을 보는 눈을 얻었습니다. 여러 사물을 보는 눈 말입니다.'

그는 다양한 사물을 가리키듯 두 팔을 위로 넓게 뻗어 펼치더군. 그때 우리는 갑판 위에 있었는데, 장작 일꾼들의 우두머리가 근처에서 어슬렁거리다가 번뜩이는 강렬한 시선을 그 젊은이에게 돌렸어. 나는 주변을 돌아보았어. 왜 그런지는 몰라도 그때처럼 이 땅과

이 정글과 이 아치 모양으로 타오르는 하늘이 그토록 절망스럽고 어둡고, 그토록 인간의 사고로는 꿰뚫을 수 없고, 그토록 인간의 약점에 대해 무자비하다고 느낀 적은 결코 없었어. '그럼 그때 이후로도 당신은 줄곧 커츠와 함께 지냈군요?' 하고 내가 물었어.

실은 그게 아니더군. 두 사람의 접촉은 여러 가지 이유로 중단된 적이 많았던 모양이야. 그 젊은이가 자랑스럽게 알려주기를, 병든 커츠가 자리에서 일어나도록 자기가 두 차례나 간호해주었다는 거야. 그는 이 이야기를 하는데 마치 무슨 아슬아슬한 무용담을 이야기하듯 하더군. 한데 커츠는 보통 밀림 속 깊은 곳을 혼자 돌아다닌다는 거야. '나는 종종 이 출장소에 왔지만 그분이 모습을 드러낼 때까지 며칠이고 기다려야 했습니다' 하고 젊은이는 말하더군. '하지만 기다릴 만한 가치가 있는 일이었습니다! 때로는······' 하고 그가 말을 끊었어. '커츠는 무얼 하고 있었나요? 탐험하고 있었답니까?' 내가 물었어. '아, 그럼요. 물론이지요' 하면서 커츠는 많은 부락을 발견했고 호수도 하나 발견했다고 했어. 어느 방향에서였는지는 커츠도 모르고 있었다더군. 너무 자세히 탐험하는 것은 위험한 일이었다고 했어. 그러나 어쨌든 커츠의 탐험은 주로 상아를 찾는 일이었다는 이야기였어. '그러나 그즈음에는 원주민과 교환할 물품도 없었을 텐데' 하고 내가 반박했지. 젊은이는 '총알이 아직 많이 남아 있으니까요' 하고 고개를 숙이고 얼굴을 돌리면서 말했어. '쉽게 말해서 커츠는 이 땅에서 약탈한 기고요' 하고 내가 말했어. 젊은이는 고개를 끄덕이더군. '혼자서 약탈하진 않았겠지!' 하니까 젊은이는 호수 부근의 마을에 대해 뭔가를 중얼거리더군. '커츠는 그 부족들이 자기를 따르도록 만들었지요? 그렇지 않나요?' 하고 내가 넌지시 돌려 말을 했더니 젊은이는 좀 안절부절못하더니 '부락민들은 커츠 씨를 숭배했습니다' 하고 대답하더군. 이렇게 대답할 때의 젊은이의 어조는 하도 이상해서 나는 그를 유심히 쳐다보았어. 커츠의 이야기를 하고 싶은 욕망과 말하기를 꺼리는 감정이 뒤섞인 모습을 보는 것은 꽤 흥미로웠어. 커츠라는 인간은 젊은이의 삶을 채우고 있었고 그의 생각을 지배했고 그의 감정을 좌지우지하고 있었어. '무엇을 기대할 수 있겠습니까, 그럴 수밖에 없는 것이지요' 하고는 이어서 '아시겠지만 그분은 부락민들에게는 천둥과 번개를 가지고 나타난 셈이었습니다. 그들은 그런 것을 생전 처음 보았거든요. 아주 무서운 존재였지요. 그분은 무섭게 행동할 수 있는 분이었습니다. 보통 사람을 판단하듯 커츠 씨를 판단할 수는 없는 것입니다. 그건 안 되지요. 절대로 안 됩니다. 저, 이해할 수 있는 실마리를 하나 이야기해드리겠습니다. 선장님께 상관없다 싶어서 드리는 말입니다만…… 어느 날 커츠 씨는 나까지도 총으로 쏘려고 하셨어요. 그렇지만 나는 그분을 비판하지 않습니다'라고 말하기에 '당신을 쏘다니! 왜?' 하고 나는 소리를 질렀어. '내가 사는 집 근처 마을의 추장이 내게 준 상아가 좀 있었거든요. 내가 그들을 위해 총으로 짐승을 잡아주곤 했기 때문이었어요. 그런데 커츠 씨는 상아를 내

놓으라는 거였어요. 그 상아가 내 손에 들어오게 된 이유를 아무리 설명해도 커츠 씨는 들으려고도 않았어요. 내가 상아를 자기에게 내놓고 이 땅을 떠나지 않으면 쏘아버리겠다고 선언하더군요. 자기는 나 같은 건 죽일 수 있으며 또 죽이기를 좋아하는데, 자기가 원해서 어떤 놈을 죽여도 이 세상에서 자기를 막을 것은 없기 때문이라는 것이었어요. 그게 사실이기도 했고요. 나는 그분에게 상아를 주었어요. 그까짓 것 뭐가 아까운가 싶었지요. 하지만 그곳을 떠나진 않았어요. 아니, 저, 난 그분을 떠날 수 없었어요. 물론 얼마 동안 다시 친해질 때까지는 조심해야 했어요. 그러자 그분은 또 병이 나더군요. 두 번째 발병이었어요. 그런 후로 나는 그분 근처에 알짱거리지 말아야 했어요. 그러나 난 상관하지 않았어요. 그분은 주로 호숫가에 있는 여러 마을에서 살고 있었어요. 그분이 강가로 내려올 때도 있었는데, 그분은 때로는 내게 친절했고 때로는 내 쪽에서 조심하는 편이 나았어요. 그분은 병들어 몹시 고통을 받고 있었어요. 그럴 때면 그분은 만사를 증오했고요. 그런데 웬일인지 그곳을 떠날 수 없었습니다. 기회가 있을 때마다 나는 그분에게 시간이 있는 동안에 떠나보시라고 간청했지요. 나도 같이 가겠다고 제의했죠. 그러면 그분은 가겠다고 하시더군요. 그러다 또 그냥 남아 있겠다는 거였어요. 그러고는 다시 상아를 찾아 나서고 몇 주일씩 종적을 감추고 이곳 부락민들 사이에서 자기를 잊어버리더군요⋯⋯. 자기를 잊는다는 말입니다. 알아들으시겠습니까?' 그가 말을 그쳤다. '저런! 미쳤군!' 하고 내가 말했지 뭐야. 그랬더니 젊은이는 화가 나서 그렇지 않다는 거였어. 커츠 씨는 미칠 수 없다는 것이었어. 만약 이틀 전에 커츠가 말하는 것을 내가 들었더라면 감히 그런 표현은 하지도 못했을 거라더군. 이렇게 이야기하는 동안에도 나는 망원경을 들어 올려 숲 양편 가장자리를 훑으면서 강변과 그 건물 뒤쪽을 바라보고 있었어. 저렇게 고요하고 저렇게 조용한 덤불숲 속……. 언덕 위의 폐허가 된 건물처럼 조용하고 고요한 그 덤불숲 속에 사람들이 있다는 생각이 나를 불안하게 하더군. 내가 들었다기보다 암시를 받았다고 해야 옳은데, 씁쓸한 감탄사로 암시되고 어깨를 추썩이는 동작과 중단된 구절들로 완결되고 깊은 한숨으로 마감되는, 암시 형식으로 나에게 전달된 이 놀라운 이야기를 증명할 실제 예증은 그곳 자연의 표면에는 전혀 드러나 있지 않았어. 숲은 마치 가면처럼 끄떡도 하지 않았고, 마치 닫힌 감옥 문처럼 무거웠는데, 숨겨진 지식을 가진 듯한, 인내 깊게 무엇을 기대하며 접근할 수 없는 침묵 자세를 취하고 있더군. 그 러시아 젊은이가 내게 설명한 바로는, 커츠 씨가 호수 주변 부족들의 모든 투사들을 이끌고 강 쪽으로 내려온 것은 최근의 일이라고 했어. 커츠는 여러 달 동안 보이지 않더라는 것이었어. 내 생각으로는 숭배 의식을 받느라고 그랬겠지. 그러다가 느닷없이 강가로 내려왔다는 거야. 어느 모로 보나 강 건너편이나 하류 쪽에서 약탈을 감행하려는 것 같았다는 거야. 분명 더 많은 상아를 얻겠다는 욕심이, 뭐랄까, 덜 물질적인 포부를 압도

했던 거지. 그러나 그때 커츠의 병세는 갑자기 더 악화되었다고 하더군. '병세가 악화되어 그분이 꼼짝 못하고 누워 있다는 말을 듣고 나는 그분에게 가보았어요. 나로서는 모험이었어요' 하고 젊은이는 이어서 '아, 그분은 위독합니다, 아주 위독합니다' 하고 말하더군. 나는 망원경을 그쪽으로 향했어. 생명이 있다는 흔적은 없고 황폐한 지붕과 풀 위를 내려다보는 긴 진흙 담이 있었고 그 담에는 크기가 일정치 않은 사각형 모양의 작은 구멍이 창문 대신 세 개가 뚫려 있더군. 사실 모든 것들이 손을 내밀면 닿을 듯 가까이 보이더군. 다음 순간 나는 망원경 방향을 바꾸었어. 그러자 담은 사라지고 남아 있는 말뚝 중 하나가 망원경의 시야로 뛰어들어오더군. 이 황량한 장소에서도 장식을 해보려는 특이한 시도를 멀리서 발견하고 놀랐다는 말을 한 걸 자네들도 기억할 거야. 이제 그 광경이 갑자기 좀 더 가까이 보이게 된 거였어. 나의 첫째 반응은 날아오는 주먹을 피하듯 내 머리를 뒤로 홱 젖히는 것이었어. 그러고 나서 말뚝을 하나하나 자세히 점검하고는 내가 아까 잘못 본 것을 깨달았어. 이들 둥근 꼭지들은 장식이 아니라 상징적인 물건이었어. 그것들은 의미를 표현하면서도 어리둥절하게 하는 것이었고 감정을 뒤흔들면서 혼란시키는 것이었어……. 사색을 위한 양식이며 동시에, 혹시 하늘에서 내려다보는 독수리들이 있었다면 그 독수리들의 먹이가 되었을 그런 것들이었어. 하지만 기둥을 기어올라올 만큼 부지런한 개미가 있다면 그 개미들의 양식도 되었을 거야. 그 긴 기둥에 올려놓은 사람의 머리통이었는데, 그 얼굴들이 집 쪽을 향하고 있지 않았다면 더욱더 인상적이었을 거야. 내가 처음 알아본 것만이 내 쪽을 향하고 있더군. 나는 자네들이 생각하는 것만큼 충격은 받지 않았어. 내가 고개를 뒤로 젖히며 움찔한 것은 놀란 동작이었어. 알다시피 나는 거기서 나무로 된 꼭지를 보게 될 것을 예상했거든. 나는 처음 본 것으로 시선을 다시 돌렸어. 그 머리통은 새까맣고 말라서 감은 눈이 움푹 파여 있었어. 기둥 꼭대기에서 잠을 자고 있는 것처럼 보이는 사람의 머리……. 말라비틀어진 입술에서 하얀 이빨이 좁다랗게 한 줄로 내다보면서 웃고 있었어. 영원한 잠 속에서 어떤 끝없는 꿈, 우스운 꿈을 꾸며 노상 웃고 있었어.

나는 어떤 교역상의 비밀을 폭로하고 있는 게 아니야. 사실 나중에 지배인도 말했지만 커츠 씨의 방법은 그 지방을 망쳐놓았다는 거였어. 그 점에 관해서는 나는 아무 의견도 없어. 하지만 머리통이 거기 있다고 해서 물질적 이득이 더 생긴 건 아니라는 사실을 자네들도 명확히 알아두기 바라. 그것은 다만 커츠 씨가 자신의 다양한 욕망을 충족시키는 데 자제력이 없었다는 것, 그에게 무언가 허한 데가 있었다는 걸 보여주고 있었어. 정작 무언가가 절실히 필요할 때 그의 장엄하고 웅변적인 수사에서는 발견할 수 없는 어떤 사소한 것을 자신이 결여하고 있다는 사실만을 드러내고 있을 뿐이었어. 나로서는 커츠 자신도 이러한 결핍을 알고 있었는지는 알 길이 없어. 하지만 결국 그 결핍을 깨닫는 순간이 최후의 순간이 되어서야 그에게 찾아왔던 것 같아. 그러나 그 땅의 야생은 일찌감치 그의 실체를 알아내어 그의 환상적 침입에 대해 이미 무서운 복수를 한 것이었어. 내 생각엔 야생이 커츠 자신에게 그 자신이 모르는 자신의 모습, 다시 말해 절대 고독을 알기 전엔 상상도 못한 사실들을 속삭여준 것이고, 그 야생의 속삭임은 뿌리칠 수 없이 매력적인 것으로 커츠 자신에게 느껴졌던 거야. 그 속삭임은 그의 속이 비어 있었기 때문에 그의 내부에서 요란하게 메아리쳤던 거지. 내가 망원경을 내려놓는 순간 이야기를 걸 수 있을 만큼 가까이 보이던 그 머리통이 내가 가까이 할 수 없는 저 멀리로 훌쩍 달아나버린 것처럼 보이더군.

커츠 씨를 존경하는 이 젊은이는 좀 풀이 죽은 모습을 하더군. 젊은이는 불분명한 서두르는 목소리로 자기는 이것들, 다시 말해 그 상징물을 내려놓을 수 없었다고 나에게 말하기 시작하더군. 젊은이는 원주민들을 무서워하지 않았어. 커츠 씨가 명령을 내리지 않으면 그들은 전혀 꼼짝도 하지 않는다는 것이었어. 커츠의 지배력은 그야말로 경이로운 것이라더군. 원주민의 부락들이 이곳을 둘러싸고 있으며 추장들은 매일 기어서 커츠 씨를 보러 왔다고 했지. '커츠 씨에게 가까이 올 때 그들이 지킨 예법 같은 건 알고 싶지 않소' 하고 내가 소리 질렀어. 이상하지. 커츠에 대한 상세한 사실이 그의 창 밑 기둥들 위에서 말라비틀어지고 있는 그 머리통들보다 더 참기 힘들다는 감정이 내 속에서 울컥 일어났으니 말이야. 따지고 보면 그 미리통들은 단순히 야만적인 광경에 지나지 않는 반면, 그 상세한 사실을 들었을 때 나는 음흉한 것들이 판치는 암흑의 세계로 단숨에 실려온 것 같았고, 이 세상에서는 순수하고 단순한 야만 행위도 태양 아래 존재할 명백한 권리가 있는 것이기 때문에 차라리 안도감으로 느껴진다는 뜻으로 나는 젊은이에게 털어놓았어. 그러자 젊은이는 놀라서 나를 쳐다보더군. 커츠 씨는 나의 우상이 아니라는 생각을 젊은이는 미처 하지 못하고 있었던 거지. 그 뭐였지? 사랑이니 정의니 인간의 행위니 하는 것들에 대한 커츠의 멋진 독백을 나는 하나도 들어본 적이 없다는 사실을 젊은이는 망각하고 있었던 거야. 커츠 씨 앞에서 엎드려 기는 행위로 말하면, 젊은이는 가장 알짜에 속하는 야만인 못지않게 기고 있었던 거지. 젊은이는 내게 '그곳 사정을 전혀 모르시는군요'라고 하면서 저 머리통들은 반역자들의 머리통이라고 말하더군. '반역자!' 하면서 내가 깔깔 웃었더니 젊은이는 지독한 충격을 받더군. 다음으로 무슨 정의를 듣게 될지가 궁금하더군. 적과 죄수들과 일꾼들이 있었겠지. 그런데 그들이 반역자가 된 것이었어. 이들 반역자의 머리들은 그 기둥 위에서 매우 순종적인 모습을 하고 있었는데도 말이야. '이곳에서 이런 삶이 커츠와 같은 인물에게는 얼마나 큰 시련이었는지 선장님은 모르고 계십니다' 하고 커츠의 마지막 제자가 외치더군. '그러면 당신에겐 시련이 아니고?' 하고 내가 되물었어. '나! 나 말입니까? 나는 단순한 인간입니다. 나는 위대한 사상도 없습니다. 나는 사람들에게 무엇을

바라지 않습니다. 그런데 비교를 하셔도 그렇지 어떻게 나를……?'
이렇게 젊은이는 감정에 북받친 나머지 말을 못하더니 곧 수그러지더군. '난 모르겠습니다. 난 그분이 살아 계시도록 하기 위해 최선을 다해왔습니다. 난 그것으로 만족합니다. 난 그런 모든 일과는 상관이 없습니다. 나에겐 능력도 없습니다. 여기에는 약 한 방울, 환자용 음식 한 입 거리도 없은 지 몇 달이 되었습니다. 저분이 저렇게 내팽개쳐진 것은 우리의 수치입니다. 그런 분을, 그런 사상을 가진 분을! 수치입니다, 수치! 나는 지난 열흘 동안 한잠도 자지 못했습니다……' 하고 젊은이는 신음하는 소리로 말했어.

젊은이의 음성도 황혼의 정적 속으로 빨려 들어가더군. 우리가 이야기하는 동안 숲의 긴 그림자는 언덕을 살며시 미끄러져 내려와 황폐한 오막살이와 상징적인 기둥의 대열을 훌쩍 넘어가 있더군. 우리는 아직 햇빛 속에 있었지만 그것들 모두는 어둑어둑한 어둠 속에 감기고, 개간지와 나란히 뻗은 강만이 고요하면서도 눈부신 광채 속에 빛나고, 하류와 상류의 굴곡부는 깊은 그늘에 싸여 있더군. 강변에는 개미 새끼 한 마리 보이지 않고 숲은 버스럭거리는 소리조차 내지 않고 있었고.

갑자기 그 집 모퉁이를 돌아 한 떼의 사나이들이 마치 땅에서 솟아나기라도 하듯이 나타나더군. 밀집 대열을 이루어 임시로 만든 들것을 들고 허리까지 풀 속에 파묻힌 채 풀을 가르며 나타났어. 그 순간 그 딩 빈 풍경 속에서 한마디 외치는 소리가 위로 울려 퍼지더군. 그 날카롭게 째지는 소리는 마치 그 땅의 심장부로 곧장 날아오는 화살처럼 고요한 허공을 갈랐어. 그러자 마치 무슨 마술에 홀린 것처럼 창과 활과 방패를 들고, 사나운 눈초리에 야만스러운 동작을 하는 인간의 물결, 벌거벗은 인간의 물결이 검은 얼굴을 드러내고 명상에 잠긴 숲 언저리 공터로 쏟아져 들어오더군. 덤불숲이 흔들리고 풀밭이 잠시 옆으로 눕는가 싶더니 곧 모든 것이 경청하는 부동자세로 조용히 서더군.

'이제 저분이 저 무리들에게 말 한마디라도 잘못하시는 날에는 우리는 모두 끝장입니다' 하고 바로 내 곁에 있던 러시아 젊은이가 말했어. 들것을 든 한 떼의 사나이들도 증기선을 향해 오다가 돌로 굳어진 듯 멈춰 서더군. 들것 위에 있는 여윈 사나이가 팔을 쳐들고 들것을 든 사나이들의 어깨 위쪽으로 일어나 앉는 것이 보였고, '사람 전반에 대해 그토록 말을 잘하는 저 사람이 이번에는 우리의 목숨을 살려줄 어떤 각별한 명분을 찾아내기나 바랍시다' 하고 내가 말했어. 잔악무도한 유령의 처분을 기다리는 처지가 된 것이 불명예스럽지만 피할 수 없는 상황인 것 같아서 이 어처구니없이 위험한 상황에 나는 몹시 화가 났던 거야. 소리는 들리지 않지만, 망원경으로 그 가느다란 팔이 명령하듯 뻗치고 아래턱이 움직이고 기괴한 모양으로 잡아당기듯 끄떡거리는 뼈만 남은 머리통에 박힌 그 유령의 눈이 멀리서도 검게 빛나는 것이 보였어. 커츠, 커츠(크르츠). 이건 독일어로 '짧다'는 뜻이지. 그렇지? 그렇군. 그 이름은 그의 삶과 죽음에 담긴 모든 것처럼 '짧다'는 그 뜻에 부합하는 것이었어. 막상 보니까 커츠는 적어도 7척은 되어 보이더군. 그를 덮었던 것이 벗겨지자 비참하고 끔찍한 그의 몸뚱이가 마치 수의를 벗어버리면 나오는 것처럼 드러나더군. 새장 같은 갈비뼈가 죄다 움직이고 뼈만 남은 팔이 허공을 휘젓는 것을 볼 수 있었어. 그 모습은 마치 오래된 상아로 만든 죽음의 조각상이 생명을 부여받아 까만 광채가 나는 청동으로 만들어진 부동의 군상들에게 협박조로 손을 흔들고 있는 것 같았어. 나는 그가 입을 딱 벌리는 것을 보았어. 그 행동은 마치 그가 자기 앞에 있는 모든 공기와 모든 땅과 모든 남자들을 삼켜버리기를 원하는 것처럼 기괴하고 탐욕스러운 모습이었어. 굵은 목소리가 희미하게 나에게까지 들려오더군. 커츠가 고함을 지르고 있었던 것이 분명해. 그러다가 갑자기 그는 뒤로 쓰러졌어. 들것을 운반하는 사람들이 다시 앞으로 비틀거리며 나아가자 들것이 흔들리더군. 그와 거의 동시에 야만인들의 무리가 뒤로 물러나는 이렇다 할 동작도 하지 않은 채 사라지는 게 보였어. 이건 마치 이 군상들을 갑자기 뿜어냈던 숲이 긴 호흡으로 숨을 들이마시며 이들을 다시 자기 몸속으로 받아들인 것 같았어.

　들것 뒤에는 순례자들 중 몇 명이 커츠의 무기, 그러니까 엽총 두 자루와 대형 라이플 총 한 자루와 연발식 카빈 총 한 자루를 운반하더군. 그러니까 그 무기들은 바로 가련한 주피터의 벼락에 해당되는 것이있어. 지배인은 커츠의 머리 옆에서 길으면시 커츠 위로 몸을 굽히고 뭐라고 중얼거리더군. 사람들은 커츠를 운반해 와서 한 작은 선실에 눕혔어. 그 선실에는 침대와 캠프용 의자 한두 개 정도 놓을 만한 공간이 있었어. 우리들은 그의 우편물을 늦게나마 전달했지. 그랬더니 그의 침대는 찢어진 봉투라든가 펼친 편지로 어지러워지더군. 커츠의 손이 힘없이 이들 서류 사이를 뒤적였어. 그의 눈이 발하는 불꽃과 얼굴 표정에 나타난 평온한 침착함에 나는 감동했어. 그건 질병으로 체력이 소진된 표정이 아니더군. 그는 고통스러워하는 것 같지도 않았어. 이 그림자 같은 인간은 그 순간 모든 감정을 만끽했다는 듯이 포만감을 느끼며 침착해진 것처럼 보였어.

그가 여러 편지 중 한 장을 뒤적이다가 내 얼굴을 정면으로 바라보며 '반갑소' 하고 말하더군. 누군가가 그 편지에서 나에 대해 그에게 말하고 있었던 모양이야. 그 특별한 추천장이 고개를 들고 나타난 모양이었어. 전혀 힘도 안 들이고 거의 입술을 움직이는 수고도 없이 그가 내는 성량에 나는 놀랐어. 목소리! 그 목소리! 커츠는 속삭일 능력도 없는 것처럼 보였지만 그의 목소리는 근엄하고 깊은 것이 우렁차더군. 그는 우리를 거의 끝장낼 만한 힘이 충분히 있더군. 분명 그 힘은 자연스러운 힘은 아니었지만 말이야. 그 이야기는 곧 다시 들려주겠네.

지배인이 말없이 문가에 나타났어. 내가 즉시 거기서 나오자 지배인은 내 등 뒤에서 커튼을 치더군. 순례자들은 호기심에 차서 그 러시아 젊은이를 바라보고 있었는데, 그 젊은이는 강가를 응시하고 있었지. 나는 그의 시선을 따라가보았어.

검은 인간의 형체들이 어두운 숲 변두리를 배경으로 민첩하게 움직이는 것이 멀리서도 식별되었고, 강 가까이 햇볕 아래에는 얼룩무늬 가죽으로 된 화려한 머리 장식을 쓴 청동색 인간 두 명이 긴 창에 기댄 채 전투적인 모습으로 조각상처럼 꼼짝 않고 서 있더군. 또한 강변을 따라 오른쪽에서 왼쪽으로 야성적이고 화려한 여성 하나, 유령 같은 여성 하나가 움직이고 있었어.

줄무늬가 있고 가장자리를 술로 장식한 천을 몸에 감고 쩔렁쩔렁하는 소리를 내며 야만인의 장신구를 번쩍이면서 그 여자는 장단에 맞추어 당당히 대지 위를 걷고 있더군. 고개를 높이 들고 머리는 투구 모양으로 빗어 올리고 무릎까지 놋쇠로 만든 각반을 차고, 팔꿈치까지 오는 놋쇠 철사줄로 만든 긴 손목 가리개를 끼고 갈색 뺨엔 빨간 점을 찍고, 목에는 유리알 목걸이를 수도 없이 걸고 있었지. 여자의 몸에 걸린 기괴한 것들, 부적들, 무당의 선물들이 한 걸음 뗄 때마다 번쩍거리고 흔들렸어. 그 여자는 상아 여러 개에 해당하는 귀중품을 지니고 있는 것이 틀림없었어. 그 여자는 야만스러우면서 위풍이 당당하고 사나운 눈매를 가졌지만 장엄했어. 그녀의 신중하고 자로 잰 듯한 걸음걸이에는 불길하며 동시에 당당한 무엇이 있었어. 슬픔이 감도는 대지 전체에 갑자기 내려앉은 정적 속에서 자손을 많이 낳는 신비한 생명의 거대한 몸뚱어리인 거대한 야성이 마치 자신의 어둡고도 정열적인 영혼을 닮은 영상을 보고 있는 것처럼 깊은 생각에 잠긴 채 그 여자를 보고 있다는 기분이 들더군.

증기선과 평행이 되는 지점에 다다른 그녀는 걸음을 멈추고 우리 쪽을 향하더군. 그녀의 기다란 그림자가 물가까지 와 닿았어. 얼굴에는 미칠 듯한 슬픔과 소리 없는 고통을 드러내는 비극적이면서 무서운 표정이 결정을 못 내리고 고민하다가 반쯤 틀을 잡은 어떤 결심에 대한 우려가 뒤섞여 표출되고 있더군. 그녀는 우리로서는 짐작할 수 없는 어떤 목적을 위해 곰곰이 생각하는 자세로 꼼짝도 하지 않고 마치 야생 그 자체처럼 우리를 바라보고 있었어. 1분은 족히 되는 시간이 지났을까, 그녀는 한 걸음 앞으로 나오더군. 나직하게 딸랑거리는 소리, 누런 금속이 발하는 번쩍임, 이어서 장식한 천이 살랑거리더니 그녀는 심장이 멈추기라도 한 것처럼 우뚝 서더군. 내 옆에 있던 그 러시아 젊은이가 화가 난 듯 투덜댔어. 뒤에서는 순례자들이 뭐라고 수군대더군. 그녀는 흔들림 없는 응시가 자신의 생명줄인 것처럼 우리 모두를 응시하는 거였어. 별안간 그녀는 맨살이 드러난 양팔을 벌리더니 제 머리 위로 빳빳이 올렸어. 마치 하늘을 만지고 싶은 강한 욕망에 사로잡힌 모습이었어. 그 행동과 동시에 발빠른 그림자가 땅 위를 달리더니 강 위를 휩쓸고 들어와 증기선을 그림자 팔로 껴안더군. 무적의 침묵이 그 장면에 드리우는 것이었어.

그녀는 천천히 몸을 돌려 둑을 따라 걸어서 왼쪽 숲속으로 들어가버리더군. 모습이 사라지기 전에 딱 한 번 잡목 숲 어스름 속에서 그녀의 두 눈이 우리에게 빛을 돌려주었지.

'저 여자가 배에 올라오려고 했으면 난 정말이지 그녀를 쏘아버렸을 겁니다' 하고 누더기를 걸친 러시아 젊은이가 불안한 목소리로 말하더군. '저 여자를 집에 들어오지 못하게 막느라 두 주일 동안 매일 죽을 뻔했습니다. 하루는 들어와서 내가 옷을 수선하려고 창고에서 누더기 몇 조각을 주워 온 것을 트집 잡아 난리를 피우더군요. 점잖치 못하다는 겁니다. 이따금 나를 손가락으로 가리키며 한 시간 동안이나 미친 듯이 커츠에게 뭐라고 떠드는 것으로 보아 틀림없이 내가 점잖지 않다고 일러바쳤을 겁니다. 나는 부족의 말을 모릅니다. 다행히 그날 몸이 너무 불편했던지 커츠는 그녀의 말을 들은 체도 안 하더군요. 그렇지 않았다면 무슨 사고가 났을 겁니다. 난 이해하지 못하겠어요……. 이건 내가 이해하기엔 너무 엄청난 일입니다. 하나, 뭐, 이제 다 끝난 일이니까요!'

그 순간 나는 커튼 뒤에서 울려나오는 커츠의 굵은 목소리를 들었어. '나를 구한다고요! 상아를 구한다는 말이겠지! 말 마시오. 나를 구한다니! 내가 당신을 구해야 했어요. 당신은 지금 내 계획을 방해하고 있는 거요. 병? 병들었다고요? 당신이 믿고 싶어 하는 것만큼 나는 병들지 않았어요. 걱정 마시오. 난 내 사상을 실천할 겁니다. 나는 돌아가겠어요. 어떤 일을 내가 달성할 수 있는지 보여주겠어요. 당신은 유치한 생각으로 나를 방해하고 있단 말입니다. 난 돌아길 겁니다. 난……'

지배인이 밖으로 나오더군. 지배인은 내 팔을 잡고 옆으로 정중히 끌고 갔어. '그의 건강은 형편없어요. 아주 형편없어요' 하고 말하더군. 그는 한숨까지 쉴 필요를 느꼈지만 계속 슬픈 표정을 짓는 일은 등한히 하고 있더군. '그를 위해 우리는 할 수 있는 일은 다 한 겁니다. 그렇지 않습니까? 그러나 커츠 씨가 회사에 득이 되는 일보다 해가 되는 일을 더 많이 했다는 사실은 부인할 수 없는 겁니다. 그는 단호한 행동을 취하기에는 시기상조라는 것을 깨닫지 못했어요. 조심에 더해서 또 조심하는 것이 내 원칙이거든요. 우리는 아직 조심해야 합니다. 이 지역은 한동안 우리가 들어가지 못하도록 폐쇄됩니다. 통탄할 일이지요. 전반적으로 볼 때 교역에 타격이 예상됩니다. 여기에는 꽤 많은 양의 상아가 있다는 것을 부정하지 않겠지만, 그 상아들 대부분이 화석입니다. 무슨 일이 있어도 우리는 그 상아를 구해야 합니다. 그러나 우리 처지가 얼마나 위태로운지 보십시오. 왜 그런지 아시지요? 방법이 불건전하기 때문입니다.' 이런 지배인의 발언에 나는 강변을 바라보며 '그걸 불건전한 방법이라고 부르고 있는 겁니까?' 하고 물었어. '그렇다마다요. 그럼 선장께선……?' 하고 지배인은 흥분하더군. '방법이랄 것도 못 되지요' 하고 내가 얼마 후 중얼거렸지. '바로 그래요. 나는 이번 일을 예견했습니다. 판단력이라곤 전혀 없다는 것을 보여주는 것이지요. 본부에 이런 점을 지적하는 것이 내 의무입니다' 하고 지배인이 말하는 거야. '아, 그렇군요. 그런데 그 친구 이름이 뭐랬더라? 그 벽돌장이 친구 말입니다. 그 사람이 근사한 보고서를 만들어드리겠지요' 하고 내가 말했지. 그러자 지배인은 잠시 당황하는 표정을 짓더군. 나는 이처럼 구역질나는 공기를 마셔본 적이 없다는 느낌이 들었어. 그래서 거기서 벗어나기 위해 커츠에게서 구원을 찾았지 뭐야. 확실히 정신적 구원을 그에게서 찾았어. '그렇긴 하지만 커츠 씨는 뛰어난 인물이라는 생각이 드는데요' 하고 나는 힘 있게 말해버렸어. 지배인은 깜짝 놀라며 냉정하고 어두운 시선을 던지며 조용히 '전엔 그랬지요' 하고는 내게서 등을 돌리더군. 내가 그의 호의를 누리던 시간은 끝나버린 거지. 나도 아직 때가 아닌 방법을 찬성하는 일당으로 커츠와 한통속으로 몰리고 만 거야. 나도 건전하지 않은 거지! 아! 그러나 악몽일지라도 적어도 내가 선택할 수 있다는 것은 중요한 일이었어.

   실로 내가 향한 곳은 야성의 숲이지 커츠 쪽은 아니었어. 사실 기꺼이 인정하는 바지만 커츠는 땅에 묻힌 존재나 다름이 없었으니까. 그러자 한순간 나도 말할 수 없는 비밀로 가득 찬 거대한 무덤에 묻힌 기분이 들더군. 축축한 대지 냄새와 의기양양한 부패라는 보이지 않는 존재가, 다시 말해 칠흑 같은 밤의 어둠이, 참을 수 없는 무게로 가슴을 짓누르는 것을 느꼈어. 그때 러시아 젊은이가 내 어깨를 툭 쳤어. 그러고는 떠듬떠듬 말하더군. '우리는 같은 뱃사람입니다…… 그래서 숨길 수가 없군요……. 커츠 씨의 명성에 영향을 미칠 사실을 알고 있지만……' 나는 그가 털어놓기를 기다렸어. 젊은이가 보기엔 커츠는 분명 무덤에 있는 사람이 아니었던 거야. 그에게 커츠는 불멸의 존재에 속했던 것 같아. '자, 말해봐요. 어쩌다가 나도 커츠 씨의 친구가 된 거요…… 어떤 면에서는 말이오' 하고 마침내 내가 털어놓았어. 젊은이는 꽤 격식을 갖추면서 우리가 '같은 직업'이 아니었다면 나중에 결과가 어찌 되든 자기 혼자만 알고 있으려 했다고 말하기 시작하는 거였어. 젊은이는 이곳 백인들이 자기에게 강한 적개심을 가지고 있다는 생각이 든다고 말하더군. '맞아요' 하고 나는 엿들은 어떤 대화가 생각나서 그에게 말해주었어. '지배인이 당신을 목매달아 죽여야 한다고 생각하고 있어요.' 이 말을 들은 젊은이는 걱정하는 빛을 보이더군. 그런 그의 모습이 처음에는 재미있더군. '조용히 사라지는 편이 좋겠군요' 하고 젊은이는 진지하게 말하더군. '나는 커츠 씨에게 더는 해줄 것이 없을 뿐 아니라 저들은 곧 무슨 꼬투리를 잡을 겁니다. 저들을 어떻게 말리겠습니까? 군대가 주둔한 곳은 이곳에서 300마일이나 가야 있거든요.' '그래요, 단언하지만 이 근방 야만인들 중에 친구가 있으면 가는 것이 좋을 것 같소' 하고 내가 말했어. 그랬더니 '친구는 많아요. 단순한 인간들이니까요. 또 나는 아무 욕심도 없습니다' 하고 젊은이는 입술을 깨물더니 '나는 여기 있는 백인들에게 무슨 해가 돌아가는 것을 원치 않습니다. 물론 커츠 씨의 명성을 생각하고 있습니다. 선장님은 친구 뱃사람이니까……' 하고 말을 끊더군. '좋아' 하고 한참 있다가 '커츠 씨의 명성은 내게 맡기면 염려하지 않아도 될 거요' 하고 나는 말했지만 얼마나 진실을 이야기했는지 그때는 나 자신도 몰랐어.

젊은이는 목소리를 낮추면서 나의 증기선을 공격하라고 명령한 것은 커츠였다고 알려줬어. '커츠 씨는 때로 사람들이 자기를 데려갈 거라는 생각을 증오했습니다……. 그러다가는 다시…… 하지만 나는 이런 일들을 이해하지 못합니다. 난 단순한 인간이니까요. 커츠 씨는 공격하면 당신네들이 겁을 먹고 도주할 것이고, 또 당신들이 그가 죽은 줄 알고 포기할 거라고 생각했습니다. 나는 그분을 말릴 수 없었습니다. 지난달은 그 일 때문에 정말 암담한 시간을 보냈습니다.' '알았어요. 커츠 씨도 이제 안전하니까' 하고 내가 말했어. '그런가요?' 하고 젊은이는 별로 납득할 수 없다는 듯이 중얼거리더군. '고맙소. 나도 눈을 크게 뜨고 조심할 거요' 하고 내가 말했더니, '하지만 입은 다물고 계셔야 되지 않겠어요?' 하고 젊은이는 초조한 듯 간청하는 눈치였고 '여기 있는 사람 중에 누가 혹시…… 그렇게 되면 그분의 평판에 크게 누가 될 것입니다' 하고 말을 맺었어. 나는 젊은이에게 아주 엄숙하게 아주 신중히 행동하겠다고 약속했어. '멀지 않은 곳에 카누 한 척과 흑인 세 명이 나를 기다리고 있습니다. 이제 떠나겠습니다. 마티니 헨리 소총 탄약통 몇 개 주실 수 있습니까?' 하고 요청했는데, 그건 가능한 일이어서 그 청을 비밀리에 들어주었어. 젊은이는 나한테 윙크를 하면서 내 담배 한 줌을 가져갔어. '아, 참, 뱃사람끼리니까 하는 말입니다만, 영국 담배 맛은 그만

이지요.' 하고 말하더군. 그러더니 조타실 문간에서 다시 돌아서더니 '혹시 여분의 신발 한 켤레 있으십니까?' 하고 한쪽 다리를 들어 보이더군. '보십시오.' 매듭진 끈으로 신발 밑창을 맨발바닥에 샌들처럼 묶어놓았더군. 내가 낡은 신발 한 켤레를 뒤져내니까 젊은이는 감탄하면서 왼쪽 겨드랑이에 끼워 넣더군. 그의 빨간 한쪽 호주머니는 총알로 툭 불거지고 또 한쪽 밝은 청색 호주머니에서는 《타우슨의 연구》 뒤표지가 빠끔히 밖을 내다보더군. 그는 자신이 야생과 서로 대면할 준비를 훌륭히 갖췄다고 생각하는 것 같았어. '아! 난 다시는 저런 분을 만나지 못할 겁니다. 저분이 시를 읊는 것을 들으셨어야 해요. 그 시는 자작시였어요. 그분이 그러더군요. 시 말입니다!' 젊은이는 즐거운 회상을 하며 눈알을 돌리더군. '아, 그분은 나의 마음을 넓혀주셨습니다!' 젊은이의 말이었어. '안녕히 가시오.' 내가 말했어. 젊은이는 나와 악수를 나누고는 밤 속으로 사라졌어. 때로 나는 내가 그 젊은이를 만난 게 현실이었던가 하고 자문할 때가 있어……. 그런 특이한 인물을 만난 게 실지로 가능했었는가 하고…….

자정이 좀 지났을 때였어. 젊은이의 경고가 문득 생각났는데, 그 경고가 암시하는 위험이 총총히 빛나는 별빛 아래 어둠 속에서 너무나 생생하게 느껴져서 나는 한번 둘러보려고 일어났어. 언덕 위에서 커다란 모닥불이 타면서 출장소의 일그러진 모퉁이를 간헐적으로 비추고 있었어. 교역상 한 명이 무장한 흑인 몇 명으로 구성된 파수꾼들과 함께 상아를 지키고 있더군. 그러나 숲속 깊은 곳에서는 새까만 기둥 모양으로 된 혼란된 형체들 사이사이로 보이는 땅에서 일어났다, 가라앉았다 하는 빨간 불꽃이 커츠 씨의 숭배자들이 불안해하면서 밤샘을 하고 있는 캠프의 정확한 위치를 알려주었어. 큰 북을 단조롭게 두들기는 소리가 둔탁한 충격과 여운을 동반한 진동음으로 대기를 가득 채우고 있더군. 벌통에서 들려오는 벌들의 윙윙거리는 소리처럼 많은 인간들이 제각기 기괴한 주문을 꾸준히 읊조리는 소리가 검고 평평한 수목의 담벼락에서 들려오며 잠이 설깬 나의 감각에 야릇한 마취 효과를 냈어. 나는 난간에 기대어 꾸벅꾸벅 졸았다고 생각되는데, 그때 별안간 한참 참은 것 같은 신비한 광기의 압도적인 폭발이라고 해도 좋은 인간들의 고함이 터져 나오며 잠을 완전히 깨웠어. 나는 놀라고 당황했어. 그 소리가 뚝 그치더니 웅성거리는 나지막한 소리가 귀에는 들리지만 위안을 주는 침묵의 효과를 내면서 지속되었지. 나는 무심코 커츠를 눕혀놓은 그 작은 선실을 들여다보았지 뭐야. 안에는 불이 밝혀져 있었지만 커츠 씨는 그곳에 없더군.

　내가 내 눈을 믿었다면 비명을 질렀을 거야. 그러나 처음에는 나는 내 눈을 믿지 않았어. 이 일은 너무나 있을 수 없는 일이니까. 실인즉, 순전히 실체가 없는 공포 때문에, 구체적인 육체적 위험과는 아무 관련이 없는 순수하고 추상적인 공포 때문에 나는 완전히 기억을 잃었던 거야. 이런 감정을 그도록 압도적으로 만든 것은……

어떻게 설명해야 할까? 내가 받은 정신적 충격이었어. 마치 논리로는 용납할 수 없고 영혼의 눈으로 보면 추악한, 몹시 흉측한 어떤 것을 누가 예고도 없이 불쑥 내게 내미는 것 같았어. 이 공포의 감정은 눈 깜짝할 사이에 사라졌어. 닥쳐올 것이 예견되는 갑작스러운 살생이나 대학살, 혹은 그와 같은 일이 발생할 가능성 등과 같은 흔히 있으면서 치명적인 위험에 대한 의식은 훨씬 반갑고 마음에 안정을 주는 것이었어. 사실 마음이 차분히 가라앉았기 때문에 나는 비상벨을 울리지 않았어.

나에게서 3피트도 떨어지지 않은 곳에 어떤 교역 대리인이 얼스터 외투 단추를 모두 채운 채 갑판 위 의자에 앉아 졸고 있더군. 요란한 고함소리에도 깨지 않고 코 고는 소리를 아주 작게 내고 있었어. 나는 그 사람을 자게 내버려두고 육지로 뛰어내렸어. 나는 커츠 씨를 배반하지 않았어. 절대 그를 배반하지 말라는 운명의 명령을 받은 거야. 악몽 같은 나의 선택에 충실해야 한다고 운명의 살생부에 적혀 있었던 거지. 나는 이 그림자 같은 인물을 나 혼자서 다루고 싶었어. 오늘날까지도 내가 왜 그때의 암흑 같은 독특한 경험을 누구와 나누기를 그토록 싫어했는지 모르겠어.

강둑에 올라서자 물체가 지나간 자국이 보이더군. 풀섶을 가르고 지나간 널찍한 자국이었어. '커츠는 걸을 수 없구나. 지금 기어가고 있는 거야. 이제 잡았다' 하고 나는 신이 나서 속으로 중얼거렸던 생각이 나는군. 풀은 이슬에 젖어 있었어. 나는 주먹을 불끈 쥔 채 걸음을 빨리 옮겼지. 그와 맞닥뜨리면 그에게 몽둥이찜질을 퍼부어야지 하는 막연한 생각이 들더군. 모르겠어. 바보 같은 생각이 머리에 떠오르더군. 난데없이 전에 내가 보았던 고양이를 옆에 놓고 뜨개질을 하던 그 노파가 머리에 떠오르면서 '그런 노파야말로 바로 이런 현장 가까이에 앉아 있기에 아주 부적합하지……' 하는 생각이 머리를 스치더군. 다음으로는 허리춤에 든 윈체스터 총으로 허공에다 대고 총알을 쏘아대던 한 줄로 늘어선 순례자들이 머리에 떠오르더군. 나는 증기선으로 돌아가지 않겠다고 생각하며 늙을 때까지 무기도 없이 혼자 숲속에서 살아가는 내 모습도 상상해보았어. 그런 어리석은 일들이 내 의식에 출몰했어. 또 지금도 기억이 나는 것은 들려오는 북소리와 내 심장의 박동 소리를 혼동하고 그 북소리의 평온하고 규칙적인 박동에 기분이 좋아졌던 일이야.

하지만 나는 계속 그 자국이 난 길을 따라갔어. 그러다가 멈춰 서서 귀를 기울였어. 그날 밤은 아주 맑게 개어 있었어. 이슬과 별빛으로 반짝이는 검푸른 공간 속에서 검은 사물들이 꼼짝도 않고 서 있었어. 그때 내 앞에서 무엇인가 움직이는 것이 보이는 것 같았어. 그날 밤 나는 모든 것에 이상하리만큼 자신만만했어. 나는 실제로 쫓던 길을 이탈하여 넓은 반원을 그리며 우회했어. 이렇게 행동하면서 나는 틀림없이 혼자 낄낄거리고 웃었을 거야. 그렇게 우회한 것은 정말 내가 무언가를 보았다면 그 무언가의 꿈틀거림을 앞지르기 위해서였어. 마치 아이들 놀이처럼 옆길로 돌아서 키츠를 잡으려 했지. 나는 커츠와 마주쳤어. 내가 접근하는 것을 그가 듣지 못했다면 나는 그의 몸뚱이에 걸려 넘어질 뻔했는데, 커츠가 미리 몸을 일으켰던 거야. 일어나긴 했지만 자세는 불안정하고 길고 창백하고 불분명한 것이 마치 대지가 입김처럼 뿜어낸 증기 같았고, 내 앞에서 그는 약간 흔들흔들하며 안개에 싸인 듯 흐릿하면서 조용히도 입을 다물고 있었어. 한편 내 등 뒤 빽빽한 나무들 사이로는 피워 놓은 불빛이 새어 나오고 숲에서는 많은 인간들이 중얼거리며 내는 소리가 들려왔어. 나는 교묘히 그를 가로막았지만 막상 그와 맞대면하자 정신이 들더군. 그제야 나는 사태가 얼마나 위험한가를 깨달았던 거야. 위험은 아직 끝나지 않았던 거였어. 그가 만약 소리치기 시작한다면? 그는 일어서지도 못할 지경이었지만 그의 음성에는 아직도 충분한 힘이 있었어. '저리 가 숨어!' 하고 커츠가 깊은 음성으로 말하더군. 이건 끔찍한 상황이었어. 나는 뒤를 힐끗 돌아보았어. 우리는 가장 가까운 모닥불에서 30야드도 안 되는 거리에 있었어. 검은 형체가 하나 일어서더니 검고 긴 두 팔로 허공을 내저으면서 검고 긴 다리로 그 불빛을 가로질러 성큼성큼 걸어가고 있더군. 그 머리 위에는 뿔을 달았는데 영양의 뿔인 것 같았어. 마술사나 주술사가 틀림없었어. 여하튼 악귀처럼 보이더군. '당신이 지금 무슨 짓을 하고 있는지 아시오?' 내가 속삭였어. '물론' 이 한마디를 하려고 그가 목소리를 높였는데, 그 소리는 아득히 먼 곳에서 오면서도 마치 확성기를 통해 나오는 외침처럼 우렁차더군. 만일 그가 소란이라도 피우면 우리는 끝장이라는 생각이 들었어. 이 그림자에게, 아니 이 방황하고 괴로워하는 인간을 때린다는 것이 역겨운 것은 고사하고, 분명히 주먹질할 경우도 아니었어. '당신은 패배할 거요. 그것도 완전한 패배 말이오.' 내가 말했어. 사람에겐 때로 퍼뜩 영감이 떠오르는 법이야. 나는 바른 말을 했던 거야. 실은 이미 우리 두 사람 사이에 끝까지 이어질, 죽을 때까지, 아니 죽음을 넘어서까지 이어질 친밀한 관계가 터를 잡는 그런 시점에서도 그는 이미 패배하고 있었지. 그보다 더 회복할 수 없는 패배는 당하려야 당할 수도 없었을 테지만 말이야.

'나는 거대한 계획을 가지고 있었소' 하고 커츠는 주저하는 목소리로 투덜대더군. '알아요. 하지만 소리라도 지르려 한다면 나는 당신 머리통을 그냥 이걸로……' 하고 내가 말했어. 그러나 근방에는 막대기나 돌이 하나도 없었어. '난 당신의 목을 졸라버릴 거요' 하고 나는 하던 말을 정정했어. '난 위대한 사업을 막 이루려던 참이었소' 하고 그는 나의 피를 얼어붙게 하는 동경의 음성과 아쉬움이 서린 어조로 말했어. '그런데 그놈의 못난 악당 녀석 때문에……' 커츠는 말을 잇지 못하더군. '유럽에서 어쨌든 당신의 성공은 보장된 것이오.' 나는 흔들리지 않고 주장했어. 자네들도 알다시피 나는 그의 목을 조르고 싶지 않았어. 사실 그래 봤자 실질적으로 별 소용이 없었거든. 잊어버리고 있던 동물적 본능을 일깨움으로써, 한편으로 악한 욕정을 충족시켰던 기억을 되살려줌으로써 커츠를 무지비힌 야성의 품으로 끌어당긴 것처럼 보이는 그 마력, 그 무겁고 말없는 야생의 마력을 나는 부수려고 노력했어. 내가 확신한 것은 그 야성의 마력이 커츠를 숲의 가장자리로, 덤불 속으로, 번뜩이는 모닥불로, 진동하는 북소리로, 괴상한 주문의 웅얼거림으로 끌어들인 거야. 이것만이 법을 무시한 그의 영혼을 유혹하여 인간에게 허용되는 열망의 한계를 넘도록 한 것이었어. 그때 내가 처한 상황이 끔찍했던 이유는 머리를 맞고 쓰러질지도 몰라서가 아니었어. 물론 그럴 위험도 똑똑히 느끼고 있었지만, 바로 이 인간, 다시 말해 고상하거나 저급한 그 어떤 것으로도 호소할 수 없었던 인간을 내가 상대해야 된다는 사실 때문이었어. 나는 원주민 흑인들처럼 신의 위치로 격상된 믿을 수 없을 정도의 그의 타락을 그에게, 그 자신에게 상기시켜야 했어. 그의 위를 보나 밑을 보나 아무것도 없었고 나는 그 점을 알고 있었어. 그는 지구와 인연을 끊었던 거야. 망할 놈이지! 지구를 발로 차서 박살을 내버렸던 거야. 그는 혼자였어. 그래서 그의 앞에서 나는 내가 땅을 짚고 섰는지, 공중에 떠 있는지 알 수가 없었어. 나는 커츠와 내가 둘이서 나눈 말, 발음했던 어구를 반복하면서 자네들에게 이제껏 말해왔는데, 그게 다 무슨 소용 있겠느냐 말이야. 그 말들은 평범한 일상적인 단어들이고, 일상생활에서 서로 교환하는 친근하고 막연한 소리에 불과해. 그러면 그게 어떻다는 거냐고? 꿈에서 듣는 말, 악몽 속에서 이야기된 구절이 갖는 무서운 암시가 그 이면에 담겨 있었어. 망령! 만일 누군가가 어떤 망령과 싸운 적이 있다고 하면, 그게 바로 나야. 나는 미치광이와 논쟁한 것도 아니야. 믿거나 말거나 커츠의 정신은 그때 말짱했어. 무섭도록 자기 자신에게 집중하고 있었던 것은 사실이지만 그래도 말짱한 것도 사실이야. 그리고 내가 살아남을 수 있는 유일한 기회도 바로 그가 말짱하다는 점에 있었고, 물론 그 자리에서 그를 살해하는 행위를 막아준 것도 바로 그 점이었어. 죽이면 어쩔 수 없이 소리가 났을 테니까 그를 살해하는 것은 바람직하지 않았어. 그러나 그의 영혼은 미쳐 있었어. 야생의 정글에서 혼자 있다 보니 그의 영혼은 밖은 보지 않고 자기 내면만을 보았던 거야. 어이없는 일이지! 정말이지, 내면만을 바라보다가 그의 영혼은 미쳐버린 거야. 나도 죄가 있는 놈이기 때문에 그의 영혼을 들여다보는 시련을 겪어야 했어. 어떤 웅변도 그가 최후로 터뜨린 진지함만큼 인간에 대한 우리의 믿음을 위축시킬 수 없었을 거야. 또한 커츠는 자기 자신과도 싸웠어. 나는 그것을 눈으로 보았고 듣기도 한 거야. 아무런 자제력도 믿음도 공포도 모르면서 맹목적으로 자신과 싸우는 한 영혼의 상상할 수 없는 신비로움을 나는 보았어. 나는 끝까지 냉정을 잃지 않았지만 마침내 그를 긴 의자에 뉘었을 때는 이마에서 진땀이 흐르고 반 톤이나 되는 무게를 혼자 운반해 언덕길을 내려온 것처럼 두 다리가 후들거리더군. 그러나 실은 뼈만 남은 그의 팔을 내 목에 감고 그를 부축해주었을 뿐인데, 그는 아이처럼 가벼웠어.

장막처럼 두르고 있는 나무들 뒤편에 흑인들 무리가 있다는 것을 나는 줄곧 날카롭게 의식하고 있었는데, 막상 다음 날 정오에 우리가 떠나자 그 무리들이 다시 숲에서 쏟아져 나와 공터를 메우더니, 벌거벗고 숨 쉬며 떠는 청동빛 몸뚱이들이 경사면을 덮더군. 그러나 무서운 꼬리로 물을 때리고 공중으로 검은 연기를 뿜어내는 이 무서운 강 귀신, 물을 튀기며 쿵쾅거리는 이 무서운 증기선이 회전하는 모습을 2천 개의 눈알이 뒤쫓더군. 강을 따라 늘어선 대열 중 제일 앞 대열, 그 앞에선 머리에서 발끝까지 선홍색 진흙칠을 한 세 명의 사나이들이 초조하게 이리저리 왔다 갔다 하고 있더군. 우리의 증기선이 다시 그들과 나란히 대칭되는 위치에 이르자 그 세 명의 사나이들은 강을 향해 발을 구르며 뿔을 붙인 머리통을 끄덕이고 그들의 주홍색 몸뚱이를 흔들더군. 그들은 이 무서운 강 귀신을 향해서 검은 깃털 한 다발과 꼬리가 대롱대롱 매달린 더러운 짐승의 가죽을 흔들어댔어. 그 짐승의 가죽은 말린 호박같이 보이는 물체였어. 그 세 명은 인간의 언어가 내는 소리와는 전혀 다른 어떤 놀라운 단어들을 이어서 일정한 간격을 두면서 외쳐댔지. 그럴 때면 뒤편에 있는 주민 무리의 낮은 웅얼거림이 갑자기 중단되는 것이 마치 어떤 악마가 암송하는 기도에 화답을 보내는 것 같았어.

　우리는 커츠를 조타실로 옮겼어. 그곳이 바람이 더 잘 통할 것 같아서였어. 커츠는 긴 의자에 누워 열린 덧문 밖을 응시하더군. 잔뜩 모여든 인간의 몸뚱이 속에서 소용돌이가 일더니, 헬멧 같은 머리에 갈색 뺨을 한 여인이 강물 가장자리까지 달려 나왔어. 여인이 팔을 앞으로 뻗으면서 무언가를 외치자 야만적인 무리 전체가 음절마다 정확하고 빠르게 숨도 쉬지 않고 그 외침을 받아 요란한 합창을 만들어내더군.

'저 소리를 알아듣겠소?' 내가 커츠에게 물었어.

커츠는 동경과 증오가 뒤섞인 표정을 짓고 불꽃 튀는 동경의 눈으로 나를 비켜 밖을 계속 바라보더군. 커츠는 대답하진 않았지만 미소가, 알 수 없는 의미가 담긴 미소가 그의 파리한 입술에 떠오르더니, 일순간 그 미소를 머금었던 입술이 경련으로 일그러지는 것이 보였어. '모를 리가 있겠소?' 하고 커츠는 마치 무슨 초자연적인 힘이 그 말을 억지로 그의 속에서 뜯어내기라도 하는 것처럼 숨을 헐떡이며 천천히 말하더군.

나는 경적을 울리는 줄을 잡아당겼어. 그렇게 한 까닭은 갑판 위 순례자들이 무슨 굉장한 놀이를 예상한 듯한 거동을 하며 그들의 총을 끄집어내는 것을 보았기 때문이야. 갑자기 경적이 울리자 총총히 모였던 몸뚱어리들 사이에서 절망적인 공포랄까, 어떤 움직임이 일더군. '안 돼! 그러지 마! 저들을 놀라게 해서 쫓지 마!' 하고 갑판의 누군가가 실망해서 소리치더군. 나는 경적의 줄을 계속 당겼어. 원주민들은 흩어지며 달렸어. 그들은 펄쩍펄쩍 뛰어오르기도 하고 웅크리고 허둥거리기도 하며 날아오는 무서운 그 소리를 피하더군. 그 세 명의 붉은 칠을 한 사내들은 마치 총에 맞아 죽은 듯 얼굴을 땅바닥에 댄 채 납작 엎드려 있었어. 다만 그 야만스럽고 화려하게 걸친 여인만이 움찔하지도 않고 우리를 잡을 듯이 검게 빛나는 강물 위를 향해 아무것도 걸친 것이 없는 양팔을 비극적으로 뻗고 있었지.

그러자 갑판에 있던 그 백치 같은 무리들이 재미 삼아 총을 쏘기 시작하더군. 나는 연기 때문에 그 이상 아무것도 볼 수 없었어.

어둠의 심장부에서 빠른 속도로 달려 나온 갈색 강물은 상류로 올라올 때의 두 배 속도로 우리를 바다 쪽으로 들고 가더군. 커츠의 생명도 그의 심장에서 빠져나와 무자비한 시간의 바다 속으로 급속히 흘러들어가고 있었어. 지배인은 아주 침착하더군. 이제 이렇다 할 걱정이 없어서 우리 두 사람을 포용하는, 극히 흡족하다는 시선으로 바라보았지. '일'이 그가 원하던 대로 완수되었기 때문이었어. 그래서 나는 '불건전한 방법'을 사용한 패거리 중에서 외톨이가 되는 때가 다가오는 것을 느꼈어. 순례자들은 나를 못마땅한 눈으로 쳐다보더군. 말하자면 나를 죽은 것으로 여긴 거였어. 이 뜻하지 않은 커츠와의 동업자 관계, 다시 말해 이 야비하고 탐욕적인 망령들이 침략한 음산한 땅에서 내게 강요된 악몽의 선택을 내가 어쩌다가 받아들였는지, 이건 이상한 일이야.

커츠는 강연을 하더군. 그 목소리! 그 목소리란! 죽는 마지막 순간까지 그 목소리는 우렁찼어. 기력은 다 죽었지만 그 음성은 웅변의 장엄한 주름 속에다 마음의 황량한 어둠을 감추기 위해 살아 있었던 거야. 아, 그는 몸부림치고 또 몸부림치더군! 폐허가 된 그의 지쳐 빠진 뇌리에는 그림자 같은 환상이 출몰하고 있었어. 부귀와 명성의 환영이 고상하고 고매한 표현을 만들어내는 꺼질 줄 모르는 그 재능 주위를 아첨하며 회전하고 있었어. 나의 약혼녀, 나의 교역소, 나의 경력, 나의 사상. 이런 것들이 때로 그가 고조된 감정을 쏟아낼 때 이야기의 주제였어. 본래의 커츠 그림자가 원시적인 땅의 부식토 속에 곧 파묻힐 운명에 처한 가짜 커츠의 곁을, 그 텅 빈 껍질이 누워 있는 침대 곁을 배회했던 거지. 그러나 본래의 커츠가 뚫고 들어간 신비에 대한 강한 사랑과 역으로 그 신비에 대한 강한 증오심, 이 두 가지는 원시적 감정을 만끽하고 허위의 명예와 허위의 명성과 겉치레에 불과한 성공과 권력을 탐하는 그의 영혼을 어느 쪽이 차지할 것인가를 두고 싸웠던 거야.

    때로 커츠는 경멸을 받을 만큼 유치하더군. 자기가 위대한 업적을 이루려고 했던 그 무서운 이름 없는 땅에서 돌아올 때는 왕들이 기차역까지 나와서 마중하기를 열망하고 있었어. '우리가 우리 앞에서 정말로 유익한 것을 가지고 있는 걸 보여줘야 해요. 그러면 우리의 능력은 끝없이 인정받을 거요. 물론 동기에 대해서는 조심해야 되지요. 늘 올바른 동기에서 출발해야 되지만' 하고 커츠는 항상 말하곤 했어. 하나같이 비슷한 긴 수로와 거기가 거기 같은 수로의 구간들, 같은 모양의 단조로운 굴곡이 증기선을 스쳐 지나가고, 태곳적부터 거기에 생존하고 있는 그 수로변의 나무들은 다른 세상에서 온 이 기름때가 묻은 한 조각의 물체, 즉 변화와 정복과 교역과 대학살과 축복의 이 선구자를 끈기 있게 지켜보고 있었어. 나는 배를 조종하며 앞을 보고 있었어. '덧문을 닫아주시오.' 어느 날 커츠가 난데없이 말하더군. '저걸 차마 볼 수 없어요' 하기에 나는 해달라는 대로 해줬어. 침묵이 흘렀어. '아, 내가 네 심장을 비틀어 빼낼 테다!' 커츠는 보이지도 않는 야성의 정글에 소리치는 것이었어.

내가 예상했던 대로 증기선이 고장을 일으켜 어쩔 수 없이 수리를 하려고 어떤 섬 끝자락에 정박해야 했어. 이러한 지체가 커츠의 자신감을 뒤흔들어놓은 첫 번째 요인이었어. 어느 날 아침 커츠는 서류와 사진 한 묶음을 나에게 주더군. 구두끈으로 묶은 다발이었어. '이걸 날 위해 보관해주시오. 이 고약한 바보 녀석(지배인을 가리키는 말인데)은 내가 안 보이는 사이에 능히 내 상자를 뒤져볼 테니까요' 하고 그가 말하더군. 그날 오후 나는 커츠를 들여다보러 갔어. 그는 눈을 감고 반듯이 누워 있더군. 그래서 그냥 조용히 나오는데 그가 등 뒤에서 중얼거리는 소리가 들리는 거야. '정의롭게 살아라. 죽을 때는, 죽을 때는……' 하기에 나는 귀를 기울였어. 허나 더는 말이 없더군. 잠 속에서 그는 무슨 연설을 연습하고 있었을까? 아니면 무슨 신문 기사에서 따온 구절일까 하고 나는 생각해보았어. 그는 신문에도 기고하고 있었으니까 '내 이념을 진척시키기 위한 것이고 그건 하나의 의무'라는 이유로 다시 기고할 계획이었던 모양이야.

커츠의 마음을 덮은 어둠은 꿰뚫을 수 없는 어둠이었어. 나는 햇빛이 생전 닿지 않는 절벽 밑에 누워 있는 인간을 내려다보듯 그를 바라보았어. 그러나 나는 그에게 할애할 시간이 많지 않았어. 기관사가 새는 실린더를 분해하고 휘어진 연결봉을 바로 펴고 그 밖에 여러 가지 일을 하는 것을 도와주어야 했기 때문이야. 녹, 줄밥, 너트, 볼트, 스패너, 망치, 깔쭉톱니송곳 등이 아수라장을 이룬 곳에서 나는 살고 있었던 거야. 다룰 줄 모르니까 그런 것들을 몹시 싫어했는데도 말이지. 다행히 배에 설치한 작은 풀무를 내가 맡았지. 그래서 빌어먹을 쇠붙이 더미 속에서 지칠 정도로 힘들게 작업했어. 오한이 심해서 일어설 수 없을 정도만 아니면 말이야.

어느 날 저녁, 촛불을 들고 들어갔더니, '나는 여기 어둠 속에서 죽음을 기다리며 누워 있는 거요' 하고 그가 조금 떨리는 음성으로 말해서 나는 깜짝 놀랐어. 촛불은 그의 눈에서 1피트도 안 되는 위치에 있었어. 나는 억지로 '쓸데없는 소리!' 하고 중얼거리고는 얼어붙은 자세로 그를 내려다보았어.

그의 얼굴에 떠오른 변화와 비슷하게나마 닮은 것을 나는 이전에 본 적이 없었고 앞으로 두 번 다시 보고 싶지 않아. 아, 가슴이 뭉클해진 건 아니었어. 매료된 것이었어. 마치 내 눈을 가렸던 장막이 찢겨나간 기분이었어. 상아 같은 그의 얼굴에 음울한 자존심과 냉혹한 권력과 마음 약한 공포를 나타내는 표정이 있었고, 강렬하면서 희망을 잃은 절망의 표정이 보였어. 완전한 깨달음에 도달한 그 지고의 순간에 욕망과 유혹과 좌절, 그 하나하나를 자세히 음미하며 다시 반추하고 있는 걸까? 어떤 영상, 어떤 환영을 향해 속삭임으로 외치더군. 두 번 울부짖었는데 그것은 숨결에 불과했어…….

'무서워! 무서워!' 그 숨결에 담긴 말이었어.

나는 촛불을 붙어 끄고 그 서실을 나왔어 순례자들이 식당에서 식사하고 있더군. 그래서 나는 지배인 맞은편에 앉았어. 지배인이 눈을 치켜뜨며 어찌 되었는지 묻는 눈길을 던졌지만 나는 능숙하게 그 눈길을 무시해버렸어. 지배인은 표현하지 않고 깊이 숨겨둔 자신의 야비함을 숨겨서 봉인하듯 그 특이한 미소를 띠며 차분히 몸을 뒤로 기대더군. 작은 파리 떼가 램프 위로, 식탁보 위로, 우리의 손과 얼굴 위로 쉴 새 없이 날아 쏟아졌어. 갑자기 지배인의 사환 녀석이 문간에서 건방진 검은 얼굴을 들이밀고 경멸에 찬 어조로 말했어.

'커츠 씨가 죽었어요.'

순례자들은 모두 구경거리라도 생긴 듯 밖으로 뛰어나가더군. 나는 남아서 식사를 계속했어. 나를 보고 굉장히 냉정한 놈이라고 생각들 했겠지. 그러나 나는 많이 먹지 않았어. 식당 안에는 램프가 하나 있었어. 빛 말이야. 밖은 지독히, 지독하게 어두웠어. 이 지상에서 자기 영혼의 모험에 판결을 내린 그 범상치 않은 남자의 곁에 나는 더는 가까이 가지 않았어. 그 목소리는 사라져버린 거야. 그것을 빼면 뭐가 거기 있겠어? 하기야 이튿날 순례자들이 진흙 구덩이에 무언가 묻는 것은 나도 알았지만 말이야.

그러니까 커츠 다음으로 사람들은 나를 매장할 뻔한 거지.

그러나 보다시피 나는 그때 그 자리에서 커츠와 같이 죽지는 않았어. 죽지 않은 거지. 나는 살아남아서 끝까지 그 악몽을 꾸며 커츠에 대한 내 의리를 보여주었어. 운명이지. 내 운명이라고! 인생은 우스운 거야. 보잘것없는 목적을 위해 가혹한 논리를 신비하게 배열한 것이 인생이란 거야. 인생에서 우리가 기껏 기대할 수 있는 것은 자기를 쥐꼬리만큼 깨닫는 것이지. 그나마 때늦게 찾아오는 깨달음이야. 지울 수 없는 한 줌 실망뿐이야. 나는 죽음과 씨름했어. 그것처럼 재미없는 시합도 없는 거야. 그 싸움은 발밑에도 주변에도 아무것도 없고, 관객도 환호도 영광도 없이, 승리에 대한 욕망도 패배에 대한 큰 두려움도 없이 그냥 미지근한 회의주의의 병든 분위기 속에서 싸우는 거야. 자기 자신의 권리에 대한 확고한 믿음도 없고 상대방의 권리에 대한 믿음은 더욱 없는 그런 싸움인 거야. 궁극적인 지혜가 이런 것이라면 인생이란 우리들 중 몇몇이 생각하는 것 이상의 수수께끼야. 나에게도 마지막으로 한마디 할 기회가 아주 가까이 왔지만, 그 순간 내게는 아무 할 말이 없다는 것을 깨닫고 부끄러웠어. 커츠가 비범한 인물이라고 내가 주장하는 것도 이런 이유 때문이야. 그에겐 할 말이 있었고 그 말을 했던 거야. 나는 나 자신의 죽음의 절벽을 내려다본 일이 있었기 때문에 그의 눈초리의 의미를 너무 잘 이해하고 있는 거야. 그의 눈초리는 촛불의 불꽃은 볼 수 없었지만 우주 전체를 끌어안을 만큼 충분히 넓었어. 어둠 속에서 고동치는 모든 사람의 심장을 꿰뚫을 만큼 극히 날카로운 눈초리였어. 그는 요약했어. 그는 판결을 내렸어. '무서워!'라고 말이야. 그는 비범한 사람이야. 결국 이 한마디는 어떤 믿음의 표현이었던 거야. 그 말에는 솔직함이 있었고 신념이 있었고, 그 말을 담은 입김 같은 속삭임 속에는 반항이 전율하는 기색이 있었고 언뜻 얼굴을 내민 진리의 무서운 모습이 있었어. 욕망과 증오가 야릇하게 뒤섞인 것이었어. 내가 지금도 가장 생생하게 기억하는 것은 나에게 닥쳤던 극한 상황이 아니야. 다시 말해서 육체적인 고통으로 가득 찬 형태도 없는 회색 환영도 아니고 삼라만상의 덧없음을 함부로 경멸하는 태도도 아니고 심지어 곧 사라지는 고통 자체도 아니야. 그런 건 아니야! 내가 기억하는 것은 내가 몸소 체험한 것처럼 느껴지는 커츠의 극한 상황이야. 나의 주저하는 발은 결국 뒤로 물러섰지만 그는 마지막 발걸음을 성큼 내디뎠고 이어서 경계선을 넘은 것이 사실이야. 아마 이 점에 모든 차이가 있을 거야. 어쩌면 우리가 보이지 않는 영혼 세계의 문턱을 넘어서는 그 감지할 수 없는 순간 속에 모든 지혜와 모든 진실과 모든 성실함이 압축되어 있는 모양이야. 아마 그럴지도 몰라! 내가 커츠처럼 최후로 요약해서 말할 기회가 있었다면 그 요약이 경솔한 경멸의 말이 아니었을 것이라고 생각하고 싶어. 커츠의 외침이 더 훌륭해, 훨씬 훌륭한 것이었어. 그것은 긍정의 외침이었어. 무수한 패배와 혐오스러운 공포와 혐오스러운 만족을 대가로 치르고 얻은 정신적 승리였으니까. 어쨌든 그건 승리였어! 이것 때문에 나는 끝내 커츠에게 신의를 지킨 것이고 더 나아가서 한참 훗날에 그의 음성은 아니지만 수정으로 된 절벽처럼 맑고 깨끗한 영혼에게서 내게 던져진 그의 위대한 웅변의 메아리를 들었을 때도 그에게 충실할 수 있었던 거야.

아니, 사람들은 나를 매장하진 않았어. 하긴 희망도 욕망도 없는 미지의 세계로 통하는 길처럼 희미하게 기억나는 시기가 있기는 했어. 나는 다시 그 무덤 같은 도시로 돌아와서, 서로 돈을 훔치고 고약한 요리를 게걸스럽게 집어삼키고 불건전한 맥주를 들이켜고 보잘것없고 어리석은 꿈을 꾸기 위해 길거리를 분주히 돌아다니는 사람들을 보고 화를 내기도 했지. 그들은 내 생각을 마구 침범하더군. 그들은 내가 알고 있는 것들을 도저히 알 수 없다고 나는 확신했기 때문에, 그들이 가진 인생에 관한 지식이 내 화만 돋우는 가시에 불과한 그런 자들이 바로 내 생각을 침범하는 침입자들이었어. 절대 안전을 보장받고 사업을 하는 평범한 개인들의 자세는 가늠할 수 없는 위험을 면전에 두고도 그 앞에서 뽐내는 꼴사나운 우둔함 같아서 내가 보기엔 정말 꼴사납더군. 그런 인간들을 계몽시키겠다는 각별한 욕망은 없었지만 그들 얼굴에 대고 웃지 않으려고 자제하기가 무척 어렵더군. 아마 나는 당시에 건강이 그다지 좋지 않았을 거야. 정리해야 할 여러 가지 일도 있고 해서 거리를 비실거리며 돌아다녔지. 그 시없이 점잖은 인간들에게 쓴웃음을 던지면서 말이야.

그런 행동은 용납되기 어려운 것이었다는 것을 인정하지만 그 당시 내 체온은 정상적인 때가 별로 없었어. '나의 기력을 회복시키려는' 고마운 아주머니의 노력도 완전히 빗나갔어. 간호가 필요한 것은 나의 기력이 아니었어. 따뜻한 위로가 필요한 것은 나의 상상력이었어. 커츠가 내게 준 서류 다발을 어떻게 할지 몰라서 나는 그대로 보관하고 있었어. 커츠의 어머니도 최근에 돌아가셨는데 약혼녀가 임종을 지켰다고 전해 들었어. 하루는 금테 안경을 쓰고 말끔히 면도를 한, 공무원 티가 나는 어떤 남자가 나를 찾아와서, 처음에는 완곡했지만 나중에는 점잖게 압박하듯 모종의 '서류'라고 이름까지 붙이며 그것들에 관해 문의하더군. 그 문제를 놓고는 아프리카에서 지배인과도 두 차례나 다툰 일이 있기 때문에 난 놀라지 않았어. 그 서류 뭉치에 든 작은 종이쪽 하나도 지배인에게 내주기를 거부했듯이 나는 이 안경 쓴 사나이에게도 같은 태도로 일관했어. 그 사나이는 마침내 무섭게 위협하는 태도로 돌변하더군. 그 사나이는 흥분해서 본사는 '회사의 관할 지역'에 관한 모든 정보를 요구할 권리가 있다고 주장했어. '탐험의 발길이 닿지 않은 지역에 대한 커츠 씨의 지식은 당연히 광범하고 독특한 것이었음에 틀림없습니다. 그의 능력과 그가 처했던 한심한 환경 때문이지요. 그래서……' 하고 그 사나이가 말하더군. 나는 그에게 커츠 씨의 지식이 광범위하긴 하지만 상업이나 행정에 관련된 문제와는 관계가 전혀 없다고 말해주었어. 그러자 그 사람은 학문을 거론하더군. '이건 계산할 수 없는 큰 손실이 될 겁니다. 만일……' 하고 어쩌고저쩌고 하더군. 그래서 나는 추서 부분을 떼어버리고 '야만적 풍습의 폐지'에 대한 커츠의 보고서를 내주었어. 그는 허겁지겁 그걸 받아보더니 곧 피식하고 코웃음만 치더군. '이것은 당연히 우리가 기대했던 것이 아닙니다' 하고 반응하더군. '그럼 다른 것은 기대하지 마십시오. 있는 것은 다만 사적인 편지들뿐이니까요' 하고 내가 말했더니 그 사나이는 법적 조치를 하겠다는 몇 마디 위협을 남기고 가버렸어. 그 후 나는 그 사람을 두 번 다시 보지 못했어. 그런데 커츠의 사촌을 자칭하는 또 한 사나이가 이틀 후에 나타나더니 자기의 친애하는 친척의 마지막 순간에 대해 좀 상세한 것을 듣고 싶다고 했어. 또 그 사촌은 커츠가 원래는 위대한 음악가였다는 사실을 알려주더군. '굉장한 성공을 거둘 소질이 있었습니다' 하고 사촌이 말했지. 기름때가 묻은 저고리 칼라 위로 처진 회색 머리칼이 흩어진 외모로 보아 그 사람은 오르간 연주자같이 보였어. 그의 말을 의심할 이유는 없더군. 그래서 나는 오늘날까지 커츠의 직업이 무엇이었는지, 그의 직업이 있기나 했는지, 또한 그의 재능 중에서 어느 것이 가장 특출한 재능이었는지 모르겠어. 나는 커츠를 신문에 기고하는 화가, 또는 그림을 그릴 줄 아는 기자라고 생각했지만 그의 사촌도(대화를 나누는 동안 코담배를 맡고 있었는데) 정확히 커츠가 무엇이었는지 내게 말해주지 못하더군. 커츠가 만능 천재였다고 하기에 그 점에 관해서는 나도 그 노인에게 동의를 표했어. 그러자 노인은 커다란 무명 손수건에다 요란하게 코를 풀고는 아무짝에도 쓸모없는 가족 간의 편지와 메모를 들고, 노인들이 흔히 그렇듯 몸을 비척거리며 물러가더군. 마지막으로 '친애하는 동료'의 운명이 어찌 되었는지 알고 싶다는 기자 한 명이 나타나더군. 이 방문객은 커츠에게 적합한 분야는 마땅히 '대중 편에 선' 정치여야 했다고 나에게 알려주었어. 그 사람은 숱이 많은 일자 눈썹에 짧게 깎은 뻣뻣한 머리칼을 가졌고 폭넓은 띠가 달린 외눈 안경을 꼈는데 스스럼이 가시자 자기 의견을 털어놓았어. 커츠는 실로 글을 잘 쓸 줄 몰랐다고 말하더군. '그러나 참, 커츠는 말을 어찌나 잘했는지 모릅니다. 많은 청중을 감전시키듯 감동시켰거든요. 그에게는 신조가 있었습니다. 그건 아시지요? 그는 신조를 가지고 있었습니다. 무엇이건, 무엇이든 그는 믿을 수 있는 사람이었습니다. 그는 과격한 정당의 훌륭한 지도자가 될 수도 있었을 것입니다.' 이 말에 '어떤 정당 말입니까?' 하고 내가 물었지. '무슨 정당이든 상관없습니다. 그는 과격파였으니까요.' 하고 그가 대답하더군. 나도 그렇게 생각하지 않느냐고 하기에 나도 동의했지 뭐야. 그는 갑자기 호기심을 보이면서 나더러 '그를 그런 오지로 나가게 한 것이 무엇인지' 아느냐고 물었어. '알지요' 하고 말하며 나는 출판하기 위해 쓰인 아까 말한 그 보고서를 주면서 적절하다고 생각하면 가지라고 말했어. 그는 줄곧 입으로 웅얼거리면서 급히 훑어보더니 '적당하다'고 판단했는지 그 전리품을 가지고 가버리더군.

이리하여 마침내 내게 남은 것은 얇은 뭉치의 편지들과 여자의 초상화뿐이었어. 내가 보기에 그 여성은 아름다운 여성 같았어. 표정이 아름답다는 뜻이야. 거짓을 말하도록 햇빛을 조작할 수 있다는 것은 나도 알고 있지만 광선과 자세를 어떻게 조작해도 그녀의 용모에 그런 미묘한 진실의 색조가 감돌게 할 수는 없을 거라고 나는 생각했어. 그 여성은 꽁한 데도 없고 의심도 없으며 자기중심적인 데도 없이 상대방의 말에 기꺼이 귀를 기울이는 여자 같았어. 나는 그 초상화와 편지를 본인을 찾아가 전해주겠다고 결론을 내렸어. 호기심에서라고? 그래. 또한 다른 감정도 있었는지 모르지. 커츠의 것이었던 모든 것, 그러니까 그의 영혼, 육신, 출장소, 그의 계획, 상아, 경력 등 모두가 내 손에서 빠져나가버리고 그의 추억과 그의 약혼녀만이 남아 있었어······. 또한 어느 의미에서 그것마저 과거로 돌려보내고 싶었던 거야. 그의 것으로 내게 남아 있던 모든 것을 우리들 공동 운명의 최종 단어인 그 망각에 바치고 싶었어. 난 나자신을 변명하는 게 아니야. 나 자신이 진실로 원하는 것이 무엇인지 나도 명확히 알지 못했어. 아마 그건 무의식적인 의리를 지키겠다는 충동이었을 거야. 아니면 인간의 생존이라는 여러 여건 속에 잠복해 있는 그 아이러니한 어떤 필요 사항의 하나를 완수하겠다는 생각이었는지도 몰라. 나도 모르겠어. 말로는 표현할 수 없어. 하지만 나는 그녀를 찾아갔어.

    나의 커츠에 대한 기억도 다른 죽은 사람들에 대한 기억과 같다고 생각했어. 기억이란 모든 사람의 생활 속에서 쌓이는 것이지. 신속하면서도 다시는 돌아오지 못할 길을 가는 그림자들이 인간의 뇌리에 드리워지면서 그 인간의 뇌리에 남기는 희미한 흔적이 기억이라고 나는 생각했어. 그러나 막상 잘 보존된 공동묘지의 오솔길처럼 조용하고 단정한 거리에 선 높은 집들 사이에 위치한 그녀의 높고 육중한 문 앞에 섰을 때 나는 커츠의 환영을 보았어. 들것 위에서 모든 인류와 지구 전체를 집어삼킬 듯이 욕심 사납게 입을 벌린 커츠의 환영을 보았지. 그때, 내 눈앞에서 커츠는 살아 있더군. 생시와 다를 바 없이 살아 있었어. 찬란한 외형도 지겨워하지 않고 무서운 현실도 지겨워할 줄 모르는 그림자, 그림자보다 더 어두운 그림자, 기막힌 웅변의 주름천을 고상하게 몸에 두른 그림자가 살아 있었어. 그 환영은 나와 함께 그 집으로 들어오는 것 같았어. 들것, 유령 같은 그의 몸뚱이를 운반하던 흑인들, 순종하는 숭배자들의 야만스러운 무리, 우중충한 숲, 어둑어둑한 강굽이 사이에 깔린 번쩍이는 수로, 심장의 박동처럼 규칙적이고 둔탁한 북소리 등도 집으로 함께 들어서는 것 같았지. 정복을 일삼는 어둠의 심장도 같이 들어서는 것 같았어. 그것은 야생이 승리하는 순간이었고 복수심에 가득 찬 야생의 침략적 돌진이어서, 나는 또 하나의 영혼을 구하기 위해 단독으로라도 그 침략적 야생의 돌격을 저지해야만 할 것 같았어. 인내심이 강한 숲속, 모닥불이 빛을 발하는 가운데 뿔을 단 형체들이 내 등 뒤에서 움직이는 동안, 먼 그곳에서 커츠가 한 이야기에 대한 기억이 떠올랐어. 그 중간중간 끊어지던 구절이 나의 기억으로 다시 기어들어오고 있더군. 다시 기억 속에서 들린 커츠의 말은 단순하면서도 불길하고 섬뜩한 것이었어. 나는 그의 비열한 간청, 비열한 협박, 비열한 욕망의 엄청난 규모, 야비함, 고통, 폭풍이 요동치는 그의 영혼의 고뇌를 상기했어. 다시 배로 데려왔던 어느 날 그가 입을 열었을 때 나는 그가 차분해지고 나른해진 것을 보았지. '이제 이 상아 무더기는 사실상 내 것이오. 회사는 그 대가를 치르지 않았어요. 극도의 개인적 위험을 무릅쓰고 내가 수집한 것이니까. 그런데도 회사가 이것이 자기들 것이라고 주장할까 봐 겁나는군요. 흠, 이건 곤란한 경우지요. 선장은 내가 어떻게 해야 한다고 생각하십니까? 내놓기를 거부하라고요? 그래요? 나는 다만 공정함을 바랄 뿐이오.' 이렇게 그가 말한 적이 있었어. 커츠는 공평만을 원했던 거지. 공평한 처사 말이야. 나는 2층 마호가니 현관문의 벨을 눌렀어. 그런데 기다리는 동안에도 커츠가 반질반질한 문의 판자에서 나를 노려보고 있는 것을 느꼈어. 온 우주를 포옹하고 비난하고 혐오하는 넓고 광대한 눈초리로 노려보는 것 같았어. 속삭이는 목소리로 '무서워! 무서워!' 하고 외치던 소리가 들리는 것 같았어.

  땅거미가 내려앉고 있었어. 나는 커튼으로 싸인, 세 개의 빛나는 기둥같이 키가 큰 창문이 바닥에서 천장까지 뻗어 올라간 으리으리한 응접실에서 기다렸어. 금박을 입힌 휘어진 가구의 다리와 등받이 곡선의 자태는 석양을 받아 빛을 발하는 통에 형태가 명확히 보이지 않더군. 대리석으로 된 높다란 벽난로는 차디찬 기념비기 갖는 백석이었어. 그랜드 피아노가 한쪽 구석에 육중하게 놓여 있었는데, 평평한 표면의 검은 광택은 길들인 검은 석관 같았어. 높은 문이 열리더니 이내 닫히더군. 나는 자리에서 일어났어.

그 여인은 창백한 얼굴에 검은 옷을 입고 황혼 속에서 나에게 걸어오더군. 물 위를 둥둥 떠오는 것 같았어. 그녀는 상중(喪中)이었어. 커츠가 죽은 지 1년 이상이 지났고 죽음의 소식이 온 지 1년 이상이 지났는데도 그녀는 영원히 커츠를 기억하고 애도할 것 같더군. 그녀는 자기 손으로 내 두 손을 잡고 '오신다는 말을 들었습니다' 하고 중얼거리더군. 그녀가 그다지 젊지는 않다는 걸 나는 직감했어. 소녀다운 티가 없었다는 말이야. 정절과 믿음을 유지하고 고통을 감당할 성숙한 능력을 그녀는 지니고 있더군. 흐린 저녁 날씨의 서글픈 광선이 모두 그녀의 이마로 피신해버리기라도 한 것처럼 방 안은 더욱 어두워진 것 같았어. 금발, 창백한 얼굴, 맑은 이마가 잿빛 후광에 둘러싸인 것 같았고 그 후광에서 검은 눈이 나를 내다보고 있었어. 그 시선은 숨김이 없었고, 심오하며 자신에 차 있었고, 신뢰를 담고 있었어. 그녀는 슬픈 얼굴을 하고 있었는데, 그 슬픔을 자랑스럽게 여기는 것 같았고……. 마치 '나, 나만이 그 사람에게 합당한 애도를 드릴 수 있어요' 하고 말하는 것 같았어. 아직 손을 잡고 악수를 하는 동안에도 어찌나 처절하게 쓸쓸한 표정이 그녀 얼굴에 새겨져 있던지, 이 여자야말로 시간의 노리개가 아니구나 하는 것을 나는 감지했어. 그녀에게 커츠는 어제 죽은 거나 다름없었어. 젠장! 그 인상이 어찌나 강렬한지 나에게도 커츠는 죽은 지 하루밖에 되지 않은 것같이 느껴지더군. 아니, 바로 그 순간에 죽은 것 같더라니까. 나는 그녀와 커츠를 동일 순간에 보았어. 커츠의 죽음과 그녀의 슬픔을 동시에 본 거야. 그러니까 커츠가 죽는 바로 그 순간에 그녀의 슬픔을 본 거야. 내 말 이해들 하겠나? 나는 두 사람을 함께 본 거야. 두 사람의 음성을 동시에 들은 거야. 그녀는 숨을 깊이 들이마신 채, '저만 살아남은 거예요' 하고 말했어. 그때 나의 긴장된 귀는 커츠가 자신의 삶을 요약한 그 영원한 저주의 속삭임이 그녀의 절망하는 회한의 음성과 한데 뒤섞이며 날아오는 것을 듣는 것 같았어. 인간의 눈이 보아서는 안 될 잔인하고도 터무니없는 신비가 지배하는 장소로 내가 잘못 들어선 것처럼 내심 께끄름해지면서 내가 도대체 여기서 무엇을 하고 있는 거야, 하는 생각이 들더군. 그녀는 몸짓으로 나에게 앉으라고 의자를 가리키더군. 우리는 앉았어. 내가 작은 탁자에 꾸러미를 가만히 내려놓았더니 그녀는 그 위에 손을 얹었어……. '그분을 잘 알고 계셨군요' 하고 애도하는 침묵의 순간이 지난 후 그녀가 나직이 말하더군. '거기서는 누구나 곧 친해집니다. 한 사람이 다른 사람에 대해 알 수 있는 것만큼은 나도 그를 알고 있습니다' 하고 내가 대답했어.

'그럼 그분을 찬양하셨겠네요. 그분을 알고 찬양하지 않는다는 것은 불가능했어요. 그렇지요?' 그녀가 말하더군.

'비범한 사람이있습니다.' 나는 머뭇거리며 말했어. 그러고 나서도 그녀는 내 입에서 더 많은 말이 나오기를 눈이 빠지게 기다리는 것같이 호소 어린 고정된 시선을 나에게서 떼지 않아서 나는 계속 말했어. '그를 알면서 불가능한 것은······.'

'사랑하지 않기가 불가능하지요.' 그녀가 내 하던 말을 완결 짓더군. 나는 놀라서 입을 다물고 벙어리가 되어버렸지 뭐야. '그건 정말이에요. 정말이고말고요. 하지만 아무도 그이를 저만큼은 알지 못했다는 점을 생각해보세요. 저는 그분의 고귀한 신임을 독차지하고 있었어요. 제가 그분을 제일 잘 알고 있어요.' 그녀의 말이었어.

'그를 제일 잘 알고 있었던 사람이 당신입니다' 하고 내가 그녀의 말을 반복했지. 어쩌면 그녀가 커츠를 제일 잘 아는 사람이었을 거니까. 그런데 말 한마디 할 때마다 방은 점점 어두워지고 매끈하고 하얀 그녀의 이마만이 꺼뜨릴 수 없는 신념과 사랑의 빛으로 빛나고 있었어.

'선생님은 그분의 친구였군요.' 그녀가 말을 계속하더군. '친구였군요.' 그녀는 좀 더 큰 소리로 그 말을 반복했어. '그분이 이것을 선생님께 주고 제게 보낸 걸 보면 틀림없어요. 선생님과는 이야기할 수 있겠다는 생각이 드는군요. 아, 이 말씀을 드려야겠네요. 그분의 마지막 말을 들은 선생님께서 저라는 여자가 그분의 배필이 되는 데 부족함이 없도록 처신해왔다는 것을 알아주셨으면 해요······. 자부심은 아니에요······. 아니, 그분이 직접 말하기도 했지만, 이 세상 어느 누구보다 제가 그분을 잘 이해했다는 것이 제게는 자랑스러

워요. 그런데 그분의 모친이 돌아가신 후로는 제게는 아무도 없어요……. 아무도…… 제게는.'

 나는 경청하고 있었어. 어둠이 깊어졌어. 커츠가 내게 서류 뭉치를 줄 때 그녀에게 갈 것을 제대로 주었는지도 확실치 않더군. 오히려 그가 죽은 후 지배인이 램프 불 밑에서 자세히 훑어보던 다른 서류 뭉치를 잘 간수해주기를 바랐던 것이 아닌가 하는 의심도 생기더군. 또한 그녀는 내가 공감할 것을 확신했는지 자신의 고통을 누그러뜨리면서 이야기를 계속하더군. 그녀는 목마른 사람이 물을 들이켜듯 이야기했어. 커츠와의 약혼을 여자 측 가족들이 반대했다는 말을 나도 들은 적이 있었지. 커츠가 돈이 없는 남자라나 뭐 그런 이유로 그랬다나 봐. 커츠가 평생 가난뱅이였는지 어떤지는 정말이지 나는 몰라. 그를 그곳으로 몰아낸 것은 자신의 비교적 가난했던 처지를 참지 못해서였다고 추측할 만한 언질을 커츠 자신이 내게 준 적은 있었거든.

 '……그분의 말을 한 번 들은 사람치고 친구가 되지 않은 사람이 어디 있겠어요.' 그녀는 말했어. '그분은 사람들이 가진 각자의 장점을 알아주어서 사람들을 자기편으로 끌어들였어요.' 그녀는 강렬한 눈빛으로 나를 쳐다보더군. '그게 위대한 사람들의 재능이지요'라고 그녀는 말을 계속했어. 그녀의 낮은 목소리에 온갖 다른 소리가 반주하고 있는 것 같았어. 내가 이제껏 들어온 신비와 적막과 슬픔에 가득 찬 소리, 그러니까 강의 잔물결 소리, 바람에 흔들리는 나무의 살랑거림, 성난 군중의 웅성거림, 멀리서 내지른 이해할 수 없는 말들이 남긴 아련한 진동음, 영원한 어둠의 입구 너머에서 들려오는 속삭이는 사람 소리 등이 협연하는 반주…… 나는 그런 것을 말하고 있는 거야. '그러나 선생님은 그분의 이야기를 들으신 분이에요! 아실 겁니다!' 그녀가 외치더군.

'그래요, 알고 있습니다' 하고 나는 마음속으로 절망 같은 것을 느끼며 말했어. 그러나 그녀가 간직하고 있는 믿음 앞에서 나는 고개를 숙이고, 어둠 속에서 무시무시한 불빛을 발하며 빛나는 그 위대한 구원의 환상 앞에서도 고개를 숙이고 말았어. 그 어둠이란 거기서 그녀를 구할 수도 없었고 나 자신조차 구하려야 구할 수 없었을 의기양양한 어둠을 말하는 거야.

'이게 얼마나 큰 손실입니까! 저에게, 우리에게.' 그녀는 훌륭한 아량을 베풀듯 '저에게'를 '우리에게'로 정정해서 말했어. 그러고 나서 작게 소곤대듯 덧붙이더군. '세상 사람들에게도 손실이지요'라고. 황혼의 마지막 광선으로 눈물이 가득 찬 그녀의 눈이 반짝이는 것을 볼 수 있더군. 그 눈물은 좀처럼 떨어지려고 하지 않았지.

'저는 매우 행복했어요. 매우 좋았고 퍽 자랑스러웠어요' 하고 그녀는 계속 말했어. '너무나 운이 좋았어요. 잠시 동안이지만 너무 행복했어요. 이제는 평생토록 불행한 여자가 되었지만요.'

그녀가 일어서더군. 그녀의 금발 머리가 남아 있는 햇빛을 받아 황금빛으로 반짝이는 것 같았어. 나도 일어났어.

'그분이 한 모든 약속, 그분의 모든 위대함, 관대한 마음씨, 고귀한 감정 등 모든 것 중에서 남은 것이 없어요. 다만 추억밖에는. 선생님과 저는……'

'우리는 항상 그를 기억할 겁니다.' 내가 급히 말했어.

'아니' 하고 그녀가 외치더군. '이 모든 것이 없어져버린다는 것은 불가능해요. 그러한 삶이 슬픔밖에 아무것도 남기지 않고 그대로 희생되는 것은 있을 수 없는 일이에요. 그분이 얼마나 방대한 계획을 가지고 있었는지는 선생님이 아실 거예요. 저도 이해는 못했지만 그런 계획을 알고 있었어요. 하지만 다른 사람들도 그 계획에 대해 알고 있었어요. 무언가 남아야 해요. 적어도 그분이 한 말은 죽지 않았어요.'

'그의 말은 남을 겁니다.' 내가 말했어.

'그분이 보인 본보기도요.' 그녀는 혼자 속삭이더군. '사람들은 그분을 존경했어요. 그분의 착한 심성은 모든 행동에서 빛을 발했어요. 그분의 본보기는……'

'그렇습니다. 그의 본보기도 영원히 남을 겁니다. 나는 그 점을 깜빡 잊고 있었습니다' 하고 내가 말했어.

'저는 잊지 않아요. 잊을 수가 없어요. 정말, 아직은, 믿어지지가 않아요. 제가 그분을 다시 보지 못할 것이라는 것, 아무도 다시는 그분을 보지 못할 것이라는 것을 결코 믿을 수가 없어요. 결코, 결코……'

그녀는 창문을 통해 들어오는 희미해지는 좁다란 빛줄기를 가로질러 검은 천이 덮이고 꼭 쥔 창백한 손을 동반한 팔을, 물러가는 어느 형체를 잡으려는 것처럼, 앞으로 뻗고 있더군. 그를 다시는 보지 못하다니! 나는 그 순간에도 커츠를 명확히 보고 있었어. 나는 내 목숨이 붙어 있는 한 이 웅변에 능한 유령을 볼 것이고 또한 비극적이며 친숙한 그림자인 이 여인을 보게 될 거야. 지금 팔을 뻗은 동작에서 어쩌면 그렇게 또 하나의 여자를 닮았지? 거, 있잖아. 역시 비극적이고 아무 힘도 못 쓰는 부적을 몸에 감고 그 살이 드러나는 갈색의 팔을 번쩍이는 연옥의 강, 어둠의 강 위로 뻗던 그 원주민 여자를 닮았더라는 이야기야. 별안간 약혼녀는 나지막한 목소리로 말했어. '그분의 죽음은 고귀했어요. 그분의 삶이 그랬던 것과 같아요.'

'그의 죽음은 어느 모로 보나 그의 삶보다 못하지 않았습니다.' 속에서 은근히 울화가 솟구쳤지만 나는 그렇게 말해주었어.

'그런데도 저는 그분과 함께 있지 못했어요.' 그녀가 나지막한 목소리로 말하더군. 나의 분노는 무한한 연민의 감정 앞에서 수그러지더군.

'제가 할 수 있는 일은 모두……' 내가 중얼거렸다.

'아, 하지만 저는 이 세상 누구보다도 그분을 믿었어요. 그분의 어머니보다도, 그분 자신보다도, 그분에겐 제가 필요했어요! 제가요! 그분의 한숨 하나하나, 모든 말, 모든 몸짓, 모든 시선을 고이 간직했을 텐데.'

그때 갑자기 섬뜩한 기운이 나의 가슴을 조여오는 것 같더군. '이제 그만' 하고 나는 목이 잠긴 목소리로 말했어.

'용서하세요. 저는…… 저는 너무 오래 입을 다물고 애도해왔어요. 아무 말 없이 애도했어요. 선생님은 그분과 마지막 순간까지 함께 계셨지요? 저는 그분의 고독을 생각하게 돼요. 저라면 이해해드릴 수 있었겠지만 이해해줄 사람이 가까이에 아무도 없었으니…… 그분의 말을 들어줄 사람도 없었을 거예요…….'

'바로 마지막 순간까지, 제가 그의 마지막 말까지 들었습니다…….' 나는 떨리는 목소리로 말했어. 그러다가 나는 깜짝 놀라서 말을 끊었어.

'다시 들려주세요.' 그녀가 가슴이 메어지는 어조로 말하더군. '제게는, 제게는 간직하고 살아갈 무엇이, 그 무엇이 필요해요.'

'그 말이 안 들립니까?' 하고 나는 그녀에게 버럭 소리를 지를 뻔했어. 마치 바람이 일기 시작할 때의 첫 속삭임처럼 처음에는 나지막하다가 점점 위협적으로 커지는 것 같은 속삭임으로 사방에서 어둠이 그 말을 끈질기게 되풀이하고 있었어. '무서워! 무서워!' 하던 그의 마지막 말 말이야.

'그분의 마지막 말, 제가 간직하고 살아갈 그 말 말입니다' 하고 그녀는 속삭이듯 말하는 거야. '이해하시겠어요? 저는 그분을 사랑했어요. 저는 그분을 사랑했어요. 사랑했단 말입니다!' 나는 정신을 가다듬고 천천히 입을 열었어.

'그가 죽기 전에 마지막으로 한 말은, 당신의 이름이었습니다.'
 나는 엷은 탄식 소리를 들었어. 다음 순간 내 심장은 멎어버렸어. 기뻐하는 무서운 울부짖음, 상상할 수 없는 승리감과 말할 수 없는 고통을 나타내는 그 울부짖음에 내 심장은 완전히 멈춰버린 거야. '그런 줄 알았어요. 확신하고 있었어요.' 그녀는 그럴 줄 알고 있었고 그럴 것이라고 확신하고 있었다는 거야. 원! 그녀의 우는 소리가 들렸어. 얼굴을 두 손에 묻고 말이야. 내가 빠져나오기도 전에 그 집이 밑으로 주저앉고 하늘이 내 머리 위로 무너져내릴 것 같았어. 그러나 아무 일도 일어나지 않았어. 하늘은 이런 사소한 일로 무너지지 않으니까. 만약 내가 공정하게 커츠에 대해 사실대로 이야기했다면 하늘이 무너져내렸을까? 커츠는 공정함, 공평함만을 원한다고 말하지 않았던가? 그렇지만 난 그럴 수도 없었어. 그녀에게 사실대로 말해줄 수 없었어. 너무나 어두운 일이 되었을 거야……. 온통 너무나 어두운 일이…….''
 말로는 이야기를 멈추고 명상하는 부처의 자세로 우리와 떨어져 앉았다. 앉아 있는 그 모습의 윤곽은 뚜렷하지 않았지만 조용했다. 얼마 동안 아무도 몸을 움직이지 않았다. "첫 번째 썰물 때를 놓쳤군" 하고 갑자기 이사가 말했다. 나는 고개를 들었다. 제방 같은 먹구름이 앞바다를 가로막고 있었고 지구 맨 끝까지 뻗어가는 수로가 잔뜩 찌푸린 하늘 아래에서 음산하게 흐르고 있었다. 거대한 어둠의 심장부로 흘러드는 것 같았다.

작품 해설

 이 작품은 제목이 암시하듯 쉽게 파악되지 않는 특징을 가지고 있다. 마치 정글 사이를 흐르는 안개 자욱한 강을 암초나 나뭇가지들을 피하며 항해해야 하는 힘든 여정을 연상케 하는 문장을 작가가 의도적으로 구사하며 동시에 그런 식으로 이야기를 구성했기 때문이다. 위대한 작품으로 평가하는 것이 문학사의 대세지만 많은 평론가들이 이 작품을 애매하다고 평가절하한 것도 이해된다. 예컨대 난데없이 '그것'이 등장하고, 난데없이 '그'가 대화에 나오기 때문에 충실히 번역을 해도 어려운 수수께끼를 풀어야 하는 미로에 빠진다.
 한편 암흑의 정글 속에 무엇이 있는지 분간하기 어렵듯이 주인공 커츠의 실체는 독자에게 마치 부서져 소삭난 사기 꽃병처럼 여러 가지 파편으로 제시된다. 이 조각을 주워 모아 다시 정교하게 땜질하여 커츠라는 하나의 꽃병을 이룩하는 것은 독자의 몫이다. 커츠라는 인물의 내면 깊숙한 곳에 자리한 실체를 더듬어 짐작하고 판단하는 작업은 안개 낀 숲속 어둠을 뚫어보는 작업과 다를 바 없다. 커츠의 실체를 규명하는 동시에 그 커츠의 본성을 통해 우리 인간의 내부에 도사린 포부, 이상, 탐욕, 가식, 우둔성, 야만성을 파헤치려는 의도가 이 작품의 주류를 이룬다. 줄여 말해서 이 콩고 오지로의 여행은 인간의 마음과 영혼의 중심에 자리한 캄캄한 어둠 속으로의 상징적 여행이기도 하다. 원시적 정열과 미신과 탐욕을 깊게 파 들어가는 여행이다.

《어둠의 심장》은 어느 조용한 저녁에 템스강 하구에 정박한 유람 요트 넬리호 갑판에 몇 사람이 앉아 이야기하는 것으로 막이 열린다. 그때 뱃사람이었고 아직도 뱃사람인 것을 자부하는 말로 선장이 과거를 회상한다. 로마가 영국을 침략한 시기에는 템스강도 지상에서 어둡고 야만스러운 지역이었다는 생각을 해보았다는 말로 이야기를 꺼낸다. 이 주제를 이탈하지 않고 말로는 전에 자신이 경험했던 가장 어둡고 가장 야만적인 지역에 대한 이야기를 시작한다.

말로는 젊을 때 숙모의 연줄과 배경 덕택에 콩고강을 오르내리는 증기선 선장직을 얻는다. 당시 콩고는 벨기에의 식민지였다. 영국인 말로는 자기가 담당할 일에 대해 알려고 브뤼셀 본사를 방문

한다. 그 회사 직원 중 이 젊은 말로가 살아서 유럽으로 돌아올 것을 예상하는 사람은 별로 없는 것을 말로는 발견한다. 또한 말로는 그곳에서 어떤 인물, 즉 콩고에서 원주민을 교육하며 동시에 기록적으로 많은 상아를 수집하여 본사로 보내고 있다는 똑똑하고 유능한 커츠라는 인물에 대한 이야기를 들을 기회가 있었다. 이것이 이 수수께끼 같은 커츠에 대해 그가 주워 올린 최초의 정보 조각이다.

이 커츠라는 신비한 인물의 이야기에 말로는 매료된다. 회사의 여러 직원들에게 불길한 암시를 들었는데도 말로는 콩고에서 자기를 기다리는 것이 무엇일지 강한 호기심을 갖는다. 우선 프랑스 선박에 승선하여 근무지 콩고로 가는 동안 말로는 아프리카 대륙 연안을 따라 남하하면서 야생과 미지의 세계가 바다 밖으로까지 스며 나오고 있다는 생각을 한다. 많은 교역소들이 황폐화되고 야만스러운 발을 드러내고 있었다. 마침내 말로는 식민지 총독부가 있는 콩고 강 어귀에 도착한다. 거기서도 말로는 다시 커츠 씨의 명성과 위력에 대한 이야기를 단편적으로 듣는다. 원주민을 계몽하고 원주민 사이에서 신뢰와 명성을 획득하는 데 성공을 거두었다는 이야기다. 또한 말로는 뜨거운 햇볕 속에서 먹지도 못하고 혹사당한 끝에 원주민 흑인들이 기진하여 죽어가는 광경을 목격한다. 밀림의 어두운 그늘이 그 흑인 노동자들의 무덤이다. 말로는 출장소들을 총괄하는 중심 교역소로 가서 자기 임무에 임하기 전에 열흘 동안을 총독부 소재지에서 지체하게 되었다. 그 중심 교역소까지는 아직도 몇백

마일을 더 올라가야 한다. 마침내 그는 중심 교역소로 향한다.

그곳에 도착하자 말로는 자기가 지휘할 증기선이 며칠 전에 강바닥으로 침몰한 것을 발견한다. 그는 그곳 교역소의 지배인을 만나는데 그 지배인이란 작자는 능력이라고는 생존 능력밖에 없는 인간이며 늘 장부 정리에만 골몰하는 것이 눈에 띈다. 지배인은 원주민의 생활이나 운명에는 아랑곳하지 않고 본사의 신용을 얻어 이 땅을 벗어나려는 일에만 관심이 있다. 지배인은 커츠 씨라는 인물의 새로운 방식이 그곳 전 지역을 망치고 있다고 했다. 지배인이 알려주는 것은 커츠 씨에게서 소식이 끊긴 지 오래되었다는 것과 소문을 듣자 하니 커츠는 중병에 걸렸다는 사실뿐이었다.

말로는 배를 수리하는 데 필요한 못이 없어 그 고물단지 같은 증기선을 수리하느라 몇 달을 소모한다. 그러는 동안 말로는 우연히 어둠 속에서 지배인과 커츠가 원수지간이라는 것을 짐작케 하는 이야기를 엿듣는다. 지배인은 이 나쁜 기후가 커츠의 생명을 거두어 가기를 기원하고 있었다. 커츠가 그 막대한 상아를 지배인에게 보낼 때 명세서를 따로 본사로 보내는 바람에 지배인이 교역상인 그의 삼촌에게 상아를 빼돌릴 수 없다는 것을 말로는 짐작할 수 있었다. 지배인과 숙부라는 교역상 사이에 주고받는 대화가 그 점을 암시한다. 이러한 스쳐가는 대화를 놓치면 이 작품을 충분히 이해할 수 없다. 숙부가 어두운 강과 밀림을 가리키며 '이걸 믿어. 이걸 믿으란 말이야' 하는 대목이 이해하기 어려운데, 그것은 커츠를 이곳에서 죽여 없애면 쥐도 새도 모른다는 것을 암시하는 대목이다.

마침내 증기선 수리가 끝났을 때 말로는 지배인과 함께 강 상류에 위치한 커츠의 출장소를 방문하려고 출발한다. 어렵고 위험한 여행이었다. 강의 수심은 얕았고 안개가 잦았기 때문이다. 그들이 마침내 커츠의 출장소에서 몇 마일도 안 되는 지점에 이르렀을 때 강폭이 가장 좁아진 지점에서 원주민들이 활과 창으로 배를 공격한다. 말로의 키잡이로, 훈련받은 충실하고 교화된 흑인이 야만인들에게 총을 발사하려고 선실 뒷문을 열고 몸을 밖으로 내밀었다가 긴 창에 찔려 죽는다. 결국 말로는 배의 경적을 울린다. 그 경적의 천둥 같은 소리에 원주민들은 놀라서 모두 도주한다. 물론 배에 같이 타고 온 백인들이 장총을 발사하기도 했다. 지배인은 커츠가 그 지방 흑인 원주민들에 대한 통제력을 상실했다고 확신한다. 그들이 부두에 닿았을 때 한 러시아 젊은이가 그들을 열렬히 환영하며 커츠의 병환이 위독하다고 알린다.

지배인과 커츠는 인부들을 시켜 커츠를 들것에 눕혀 증기선으로 데려와 유럽에 호송할 예정이었다. 그러나 그날 밤 일어날 힘도 없을 줄 알았던 커츠가 배를 탈출하여 밀림으로 들어간다. 말로는 단신으로 흔적을 더듬어 정글의 덤불을 헤치며 커츠를 뒤쫓는다. 원주민들이 자신들의 지도자며 신(神)인 커츠를 잃고 저쪽 30미터쯤 떨어진 숲속에서 모닥불을 환히 피워놓고 밤샘을 하며 증기선 쪽을 바라보고 있는 위험한 상황이다. 밀로는 단신으로 아직 목소리만 살아서 우렁찬 커츠의 입을 틀어막고 커츠를 다시 배로 업고 온다. 지배인은 다시금 커츠가 다스리던 이 지역은 상아를 수집하기에는 부적절한 지역으로 타락했다고 주장한다. 절망에 빠진 커츠는 삶의 모든 것의 심장부에는 악이 자리하고 있다는 것을 깨닫고, 증기선이 고장 나서 잠시 작은 섬에 정박한 동안 숨을 거둔다.

말로는 문명 세계로 돌아와 약 1년이 지났을 때 커츠의 약혼녀를 보러 벨기에로 간다. 약혼녀는 사명을 가지고 아프리카로 갔던 애인 커츠를 아직도 뛰어난 재능이 있는 남자였다고 믿고 있었다. 죽을 때 커츠가 마지막으로 한 말이 무엇이었느냐고 그녀가 말로에게 물었을 때, '무서워! 끔찍하게 무서워!'였다고 진실을 말하지 않고 말로는 거짓말을 한다. 마지막으로 그 뱉은 언어가 그녀의 이름이었다고 말한다. 말로 역시 '어둠의 유령' 커츠에게 굴복한 것이다.

커츠는 뒤에 남긴 것이 아무것도 없다. 단지 우렁찼던 목소리, 웅변으로 남을 감동시키던 사기성이 농후한 음성에 대한 기억밖에 없었다. 원주민 사이에서 추장들까지도 그를 알현할 때는 모두 네발로 땅을 기게 했던 대단한 커츠다. 그러나 그가 신격화되는 위치로 올라갔지만 정신적으로, 내면적으로 부패하고 타락하고 있다는 것을 일깨워줄 인간이 주위에 아무도 없었다는 사실이 현대를 사는 우리에게 연상시키는 바가 크다.

콘래드에 대한 참고문헌 속에는 너절한 이야기가 많다. 어느 작품의 실제 모델은 모처에서 언제 보았던 아무개라느니, 말로 선장의 전임자가 실제로 누구였다느니 하는 식의 정보 공해라고 할 만한 정보 품목이 너무나 많다. 그러나 나는 《어둠의 심장》을 읽고 나서 느끼는 뒷입맛을 망칠까 봐 그런 헛수고는 생략했다는 것을 밝힌다.

번역에 대해서는 책을 사랑하는 많은 독자들이 불만을 털어놓고 있다는 현실을 알면서도 젊은 시절에 너무 감동 깊게 읽었던 소설이었기 때문에 일종의 도전정신으로 번역에 임했다는 말로 펜을 놓는다.

옮긴이

조지프 콘래드 연보

1857년 폴란드 베르디체에서 출생했다. 본명은 유제프 테오도르 콘래드 날레츠 코제뇨프스키(Jozef Teodor Konrad Nalecz Korzeniowski). 아버지 아폴로는 외국 문학 번역가인 동시에 극작가였다.

1861년 조국 폴란드를 위한 정치에 참여했다는 이유로 부친이 제정 러시아 당국에 체포되었다.

1862년 가족 전원이 러시아의 볼로그다에 유배되었다.

1865년 모친이 사망했다. 몸이 허약한 콘래드는 집에서 가정 교사에게 프랑스어를 배웠다.

1869년 아버지와 폴란드 공업 도시 쿠라쿠프에서 거주하는 것이 허락되있지만 아버지가 그해에 사망했다. 외숙부 타네우

슈 보브류프스키가 콘래드의 후견인이 되었다. 콘래드는 그곳 초등학교에 다녔다.

1872년 오스트리아 시민권을 얻지 못하게 되자 선원이 되고자 했다.

1874년 프랑스 마르세유로 가서 한 선박 회사에 취직하여 몽블랑호를 탔다. 그 배는 마르터니크를 거쳐 르아브르로 돌아왔다.

1875년 몽블랑호의 견습 선원으로 서인도제도로 항해했다.

1876년 생앙투안호를 타고 서인도 제도를 거쳐 남미에 들렀다. 이 당시의 경험이 훗날 《노스트로모》의 바탕이 된다.

1878년 영국 국적 선박 메이비스호를 타고 콘스탄티노플로 갔다가 영국에 도착했다.

1881년 뉴캐슬에서 방콕으로 가는 석탄 운반선 팔레스타인호에 선원으로 승선했지만 배가 불에 타는 바람에 어느 섬에 상륙했다. 이때의 경험이 《청춘》의 소재가 되었다.

1884년 봄베이에서 영국으로 돌아오는 나르시소스호의 항해사가 되었다. 이때의 경험이 《나르시소스호의 흑인》의 소재가 되었다.

1886년 영국 시민이 되었다. 이어 선장 자격을 얻었다.

1887년 비다르호를 타고 말레이 군도로 여러 번 항해했다.

1888년 오타고호의 선장이 되었다. 싱가폴, 시드니, 모리셔스 등지를 항해했다.

1889년 영국으로 귀환하여 《올메이어의 바보짓》을 쓰기 시작했다.

1890년	폴란드의 외숙부 덕분에 콩고강을 왕래하는 증기선 선장 자리를 얻었다. 《어둠의 심장》은 이때의 경험이 바닥에 깔린 작품이다.
1891년	콩고에서 병을 얻어, 런던과 제네바에서 요양 생활을 했다.
1894년	아도와호를 끝으로 선원 생활을 끝냈다.
1895년	《올메이어의 바보짓》을 출판했다.
1896년	《섬의 추방자》를 출판했다. 제시 조지(Jessi George)와 결혼했다.
1897년	《나르시소스호의 흑인》을 출판했다.
1898년	《불안에 관한 이야기들》을 출판했다.
1899년	《어둠의 심장》을 잡지에 연재했다.
1900년	《로드 짐》을 출판했다.
1904년	《노스트로모》를 출판했다.
1906년	《바다의 거울》을 출판했다.
1907년	《비밀 요원》을 출판했다.
1908년	신경 쇠약증에 걸려 애쉬퍼드로 이사해 휴양했다.
1911년	《서구인의 눈으로》를 출판했다.
1912년	《개인적인 기록》과 《육지와 바다 사이》를 출판했다.
1913년	《우연》을 출판했다.
1915년	《승리》를 출판했다.
1917년	《그림자 선》을 출판했다.

1919년	《황금 화살》을 출판했다.
1920년	《구출》을 출판했다.
1921년	《인생과 문학 소고》를 출판했다.
1924년	8월 3일 캔터베리 근교의 자택에서 심장 마비로 사망했다.
1925년	미완성 소설 《서스펜스》와 《떠도는 이야기들》이 출판되었다.
1928년	미완성 작품 《자매들》이 출판되었다.

옮긴이 **이덕형**

서울대학교 사범대학 영어교육과와 동 대학원을 졸업하고 이화여고, 동성고등학교, 서울사대 부속고등학교 교사를 역임한 후, 서울대학교 강사와 연세대학교 교수를 지냈다. 편저로《한 권으로 읽는 세계문학 60선》이 있고, 역서로《월든》,《가시나무새》,《호밀밭의 파수꾼》,《페이터의 산문》,《르네상스》,《센토》,《돌아온 토끼》,《멋진 신세계》,《파리대왕》,《프랑스 중위의 여자》,《20세기 아이의 고백》,《고라이의 악마》,《천형》,《시를 어떻게 읽을 것인가》등 다수가 있다.

어둠의 심장

1판 1쇄 발행 2010년 8월 10일
2판 1쇄 발행 2025년 9월 19일

지은이 조지프 콘래드 | 옮긴이 이덕형
펴낸곳 (주)문예출판사 | 펴낸이 전준배
출판등록 2004. 02. 11. 제 2013-000357호 (1966. 12. 2. 제 1-134호)
주소 04001 서울시 마포구 월드컵북로 21
전화 02-393-5681 | 팩스 02-393-5685
홈페이지 www.moonye.com | 블로그 blog.naver.com/imoonye
페이스북 www.facebook.com/moonyepublishing | 이메일 info@moonye.com

ISBN 978-89-310-2518-7 04800
ISBN 978-89-310-2365-7 (세트)

• 잘못 만든 책은 구입하신 서점에서 바꿔드립니다.

&문예출판사® 상표등록 제 40-0833187호, 제 41-0200044호

문예세계문학선

★ 서울대, 연세대, 고려대 필독 권장 도서　▲ 미국대학위원회 추천 도서
● 《타임》 선정 현대 100대 영문 소설　▽ 《뉴스위크》 선정 세계 100대 명저

1 젊은 베르테르의 슬픔 괴테 / 송영택 옮김	34 지상의 양식 앙드레 지드 / 김붕구 옮김
▲▽ 2 멋진 신세계 올더스 헉슬리 / 이덕형 옮김	35 체호프 단편선 안톤 체호프 / 김학수 옮김
▲●▽ 3 호밀밭의 파수꾼 J. D. 샐린저 / 이덕형 옮김	36 인간 실격 다자이 오사무 / 오유리 옮김
4 데미안 헤르만 헤세 / 구기성 옮김	37 위기의 여자 시몬 드 보부아르 / 손장순 옮김
5 생의 한가운데 루이제 린저 / 전혜린 옮김	●▽ 38 댈러웨이 부인 버지니아 울프 / 나영균 옮김
6 대지 펄 S. 벅 / 안정효 옮김	39 인간 희극 윌리엄 사로얀 / 안정효 옮김
●▽ 7 1984 조지 오웰 / 김승욱 옮김	40 오 헨리 단편선 오 헨리 / 이성호 옮김
▲▽ 8 위대한 개츠비 F. 스콧 피츠제럴드 / 송무 옮김	★ 41 말테의 수기 R. M. 릴케 / 박환덕 옮김
▲●▽ 9 파리대왕 윌리엄 골딩 / 이덕형 옮김	42 파비안 에리히 케스트너 / 전혜린 옮김
10 삼십세 잉게보르크 바흐만 / 차경아 옮김	★▲▽ 43 햄릿 윌리엄 셰익스피어 / 여석기 옮김
★▲ 11 오이디푸스왕·아가멤논·코에포로이	44 바라바 페르 라게르크비스트 / 한영환 옮김
소포클레스·아이스킬로스 / 천병희 옮김	45 토니오 크뢰거 토마스 만 / 강두식 옮김
★▲ 12 주홍글씨 너새니얼 호손 / 조승국 옮김	46 첫사랑 이반 투르게네프 / 김학수 옮김
▲●▽ 13 동물농장 조지 오웰 / 김승욱 옮김	47 제3의 사나이 그레이엄 그린 / 안흥규 옮김
★ 14 마음 나쓰메 소세키 / 오유리 옮김	★▲▽ 48 어둠의 심장 조지프 콘래드 / 이덕형 옮김
★ 15 아Q정전·광인일기 루쉰 / 정석원 옮김	49 싯다르타 헤르만 헤세 / 차경아 옮김
16 개선문 레마르크 / 송영택 옮김	50 모파상 단편선 기 드 모파상 / 김동현·김사행 옮김
★ 17 구토 장 폴 사르트르 / 방곤 옮김	51 찰스 램 수필선 찰스 램 / 김기철 옮김
18 노인과 바다 어니스트 헤밍웨이 / 이경식 옮김	★▲▽ 52 보바리 부인 귀스타브 플로베르 / 민희식 옮김
19 좁은 문 앙드레 지드 / 오현우 옮김	53 페터 카멘친트 헤르만 헤세 / 박종서 옮김
★▲ 20 변신·시골 의사 프란츠 카프카 / 이덕형 옮김	★ 54 몽테뉴 수상록 몽테뉴 / 손우성 옮김
★▲ 21 이방인 알베르 카뮈 / 이휘영 옮김	55 알퐁스 도데 단편선 알퐁스 도데 / 김사행 옮김
22 지하생활자의 수기 도스토옙스키 / 이동현 옮김	56 베이컨 수필집 프랜시스 베이컨 / 김길중 옮김
★ 23 설국 가와바타 야스나리 / 장경룡 옮김	★▲ 57 인형의 집 헨리크 입센 / 안동민 옮김
★▲ 24 이반 데니소비치의 하루	★ 58 소송 프란츠 카프카 / 김현성 옮김
알렉산드르 솔제니친 / 이동현 옮김	★▲ 59 테스 토머스 하디 / 이종구 옮김
25 더블린 사람들 제임스 조이스 / 김병철 옮김	★▽ 60 리어왕 윌리엄 셰익스피어 / 이종구 옮김
★ 26 여자의 일생 기 드 모파상 / 신인영 옮김	61 라쇼몽 아쿠타가와 류노스케 / 김영식 옮김
27 달과 6펜스 서머싯 몸 / 안흥규 옮김	▲▽ 62 프랑켄슈타인 메리 셸리 / 임종기 옮김
28 지옥 앙리 바르뷔스 / 오현우 옮김	▲●▽ 63 등대로 버지니아 울프 / 이숙자 옮김
★▲ 29 젊은 예술가의 초상 제임스 조이스 / 여석기 옮김	64 명상록 마르쿠스 아우렐리우스 / 이덕형 옮김
▲ 30 검은 고양이 애드거 앨런 포 / 김기철 옮김	65 가든 파티 캐서린 맨스필드 / 이덕형 옮김
★ 31 도련님 나쓰메 소세키 / 오유리 옮김	66 투명인간 H. G. 웰스 / 임종기 옮김
32 우리 시대의 아이 외된 폰 호르바트 / 조경수 옮김	67 게르트루트 헤르만 헤세 / 송영택 옮김
33 잃어버린 지평선 제임스 힐턴 / 이경식 옮김	68 피가로의 결혼 보마르셰 / 민희식 옮김

(뒷면 계속)

★ 69 팡세 블레즈 파스칼 / 하동훈 옮김	▲105 훌륭한 군인 포드 매덕스 포드 / 손영미 옮김
70 한국단편소설선 김동인 외 / 오양호 엮음	106 수레바퀴 아래서 헤르만 헤세 / 송영택 옮김
71 지킬 박사와 하이드 로버트 L. 스티븐슨 / 김세미 옮김	▲107 죄와 벌 1 표도르 도스토옙스키 / 김학수 옮김
▲ 72 밤으로의 긴 여로 유진 오닐 / 박윤정 옮김	▲108 죄와 벌 2 표도르 도스토옙스키 / 김학수 옮김
★▲▽ 73 허클베리 핀의 모험 마크 트웨인 / 이덕형 옮김	109 밤의 노예 미셸 오스트 / 이재형 옮김
74 이선 프롬 이디스 워튼 / 손영미 옮김	110 바다여 바다여 1 아이리스 머독 / 안정효 옮김
75 크리스마스 캐럴 찰스 디킨슨 / 김세미 옮김	111 바다여 바다여 2 아이리스 머독 / 안정효 옮김
★▲ 76 파우스트 요한 볼프강 폰 괴테 / 정경석 옮김	112 부활 1 레프 톨스토이 / 김학수 옮김
▲ 77 야성의 부름 잭 런던 / 임종기 옮김	113 부활 2 레프 톨스토이 / 김학수 옮김
★▲ 78 고도를 기다리며 사뮈엘 베케트 / 홍복유 옮김	▲●114 그들의 눈은 신을 보고 있었다
★▲▽ 79 걸리버 여행기 조너선 스위프트 / 박용수 옮김	조라 닐 허스턴 / 이미선 옮김
80 톰 소여의 모험 마크 트웨인 / 이덕형 옮김	115 약속 프리드리히 뒤렌마트 / 차경아 옮김
★▲ 81 오만과 편견 제인 오스틴 / 박용수 옮김	116 제니의 초상 로버트 네이선 / 이덕희 옮김
★▽ 82 오셀로·템페스트 윌리엄 셰익스피어 / 오화섭 옮김	117 트로일러스와 크리세이드
★ 83 맥베스 윌리엄 셰익스피어 / 이종구 옮김	제프리 초서 / 김영남 옮김
▽ 84 순수의 시대 이디스 워튼 / 이미선 옮김	118 사람은 무엇으로 사는가
★ 85 차라투스트라는 이렇게 말했다 니체 / 황문수 옮김	레프 톨스토이 / 이순영 옮김
★ 86 그리스 로마 신화 이디스 해밀턴 / 장왕록 옮김	119 전락 알베르 카뮈 / 이휘영 옮김
87 모로 박사의 섬 H. G. 웰스 / 한동훈 옮김	120 독일인의 사랑 막스 뮐러 / 차경아 옮김
88 유토피아 토머스 모어 / 김남우 옮김	121 릴케 단편선 R. M. 릴케 / 송영택 옮김
★▲ 89 로빈슨 크루소 대니얼 디포 / 이덕형 옮김	122 이반 일리치의 죽음 레프 톨스토이 / 이순영 옮김
90 자기만의 방 버지니아 울프 / 정윤조 옮김	123 판사와 형리 F. 뒤렌마트 / 차경아 옮김
▲ 91 월든 헨리 D. 소로 / 이덕형 옮김	124 보트 위의 세 남자 제롬 K. 제롬 / 김이선 옮김
92 나는 고양이로소이다 나쓰메 소세키 / 김영식 옮김	125 자전거를 탄 세 남자 제롬 K. 제롬 / 김이선 옮김
★ 93 폭풍의 언덕 에밀리 브론테 / 이덕형 옮김	126 사랑하는 하느님 이야기 R. M. 릴케 / 송영택 옮김
★▲ 94 스완네 쪽으로 마르셀 프루스트 / 김인환 옮김	127 그리스인 조르바 니코스 카잔차키스 / 이재형 옮김
★ 95 이솝 우화 이솝 / 이덕형 옮김	128 여자 없는 남자들 어니스트 헤밍웨이 / 이종인 옮김
★ 96 페스트 알베르 카뮈 / 이휘영 옮김	129 사양 다자이 오사무 / 오유리 옮김
▲ 97 도리언 그레이의 초상 오스카 와일드 / 임종기 옮김	130 순킨 이야기 다니자키 준이치로 / 김영식 옮김
98 기러기 모리 오가이 / 김영식 옮김	131 실종자 프란츠 카프카 / 송경은 옮김
★▲ 99 제인 에어 1 샬럿 브론테 / 이덕형 옮김	132 시지프 신화 알베르 카뮈 / 이가림 옮김
★▲100 제인 에어 2 샬럿 브론테 / 이덕형 옮김	133 장미의 기적 장 주네 / 박형섭 옮김
101 방황 루쉰 / 정석원 옮김	134 진주 존 스타인벡 / 김승욱 옮김
102 타임머신 H. G. 웰스 / 임종기 옮김	135 황야의 이리 헤르만 헤세 / 장혜경 옮김
●103 보이지 않는 인간 1 랠프 엘리슨 / 송무 옮김	136 피난처 이디스 워튼 / 김욱동
●104 보이지 않는 인간 2 랠프 엘리슨 / 송무 옮김	